나는
나를
사랑한다

나는
나를
사랑한다

나를 잃지 않고
타인을 사랑하기
위하여

이숙명 에세이

북로망스

차례

Prologue

어떻게 나를 잃지 않고 사랑할 것인가

요즘처럼 사랑을 말하는 게 덧없어 보인 적이 없다. 2010년대 중반부터 한국 여성의 성의식은 급격히 변화했다. 페미니즘이 시대의 테제로 부상하고, 여자들은 동화 같은 이성애 판타지의 주술에서 풀려나고 있다.

다른 한편으로 세상은 아무것도 변한 게 없어 보이기도 한다. 여전히 텔레비전에선 연애 드라마와 짝짓기 예능 프로그램이 흘러나오고, 거리에는 사랑 때문에 울고 웃는 청춘이 있고, 결혼식장은 늘 예약이 밀려 있다. 그리고 누군가는, 페미니즘의 문제 제기에 공감하면서도 이성애를 통해 삶을 향상시키고자 하는 희망을 놓지 못한다. 2019년 말 나는 30대 중반 싱글 여성으로부터 이런 말을 들었다.

"저는 오랫동안 결혼을 하고 싶었는데 점점 제 의식이 변하는 게 느껴져요. 각성이 된다고 해야 할까요? 얼마 전에는 남자 친구에게 〈82년생 김지영〉을 보자고 했는데 싫다는 거예요. '너도 페미니스트 기질이 있는 것 같은데 영화를 보고 나서 서로 의견이 다르면 우리가 싸우게 되지 않겠냐'고요. 그런데 그게 회피한다고 될 문제인가요? 서로 여성, 가족 등의 사안에 어떤 관점을 가졌는지는 결혼 전에 맞춰 봐야 하잖아요. 페미니스트란 말을 부정적으로 사용하는 것도 문제고요. '그래 나 페미니스트 맞아' 하면서 언쟁을 벌이기 시작했죠. 그땐 과연 이 남자와 결혼을 할 수 있을지 조금 회의가 들었어요."

여성은 그 남자와 데이트를 시작할 때부터 이 관계가 '결혼을 전제로 한' 만남임을 분명히 했다. 나는 독립적이고 강한 성격에 경제력도 있는 그가 왜 결혼을 고집하는지 궁금했다.

"결혼하면 안정이 될 것 같아서요."

나는 이 대답이 매우 흥미로웠다. 한국의 중장년에겐 아직 '비혼非婚'이란 말보다 '미혼未婚'이란 단어가 익숙하다. '미혼'이란 단어에는 당연히 해야 할 무언가를 하지 않은 미완성 인간이란 뉘앙스가 담겨 있다. 하지만 오늘날 30대 여성이 결혼을 통해 해소하려는 '안정되지 못한 느낌'은 전통 사회에서 '미혼' 여성이 가질 법한 죄책감, 수치심, 불안감 등과는 결이 다르다. 그가 스스로를

미완성 인간이라 느끼는 가장 큰 원인은 보다 사
적이고 낭만적인 감정, 다시 말해 '외로움'이다.
인간이라면 누구든, 언제든 맞닥뜨릴 수 있고 끊
임없이 반복되며 결코 내성이 생기지 않는 실존
적 문제로서의 '외로움'이 아니라 성애 관계의 상
실로 인해 발생한 광란의 호르몬 파티 상태 말이
다. 이 여성은 사랑이 해법이라 여기고, 다음번에
쟁취한 사랑도 언젠가 종료되어 연애 시장에 다
시 나서야 될지 모른다는 불안감을 해소하기 위
해 결혼이라는 장기 계약을 맺고 싶어 한다. 하지
만 평생을 기약할 정도로 서로 가치관이 일치하
는 이성을 찾는 게 현실적으로 매우 어렵다는 사
실을 그도 모르는 게 아니다. 더구나 페미니즘을
통해 개인의 삶에서 정치, 사회적 의미를 찾아내
는 데 익숙해진 터라 예전이라면 무난하게 넘겼
을 이성의 언행이 거슬리기까지 한다. 짝 찾기의

난이도가 점점 상승하는 형국이다. 나는 그가 외로움에서 벗어나길 바라지만 연애와 결혼은 답이 아니라고 생각하는 입장이다. 하지만 이런 말들은 그의 외로움을 해소하는 데 아무짝에도 도움이 안 된다. 과연 이 여성은 결혼에 성공할 수 있을까? 질문을 이렇게도 바꿔 볼 수 있다.

/

'그가 원하는 전통적이고 낭만적인 로맨스는
페미니즘과 양립할 수 있는가?'

/

이것은 오늘날 꽤나 보편적인 고민이다. 또한 오랫동안 나 스스로에게 던지고 해답을 찾으려 노력한 이런 질문과도 맞닿아 있다.

‘어떻게 나를 잃지 않고 타인을 사랑할 것인가.’

나는 여기에 어떤 간결하고 보편적이고 섹시한 답이 있을 거라 믿지 않는다. 다만 서툴고 부족하나마 사람들이 서로의 의문을 공유하고 경험을 나누고 함께 고민하는 것이 해답을 찾는 데 도움이 된다는 사실을 최근 더 다양해진 성과 사랑에 관한 담론들을 통해 배우고 있다. 그래서 사랑에 관해 내가 아는 것과 궁금한 것, 저 모든 질문에 Yes에서 No로 No에서 Yes로 갈팡질팡하며 내가 얻은 교훈을 두서없이 써 보기로 했다. 이것이 누군가에게는 '안정'을 찾는 데 조금이나마 도움이 되길 바란다.

1부
사랑

사랑의 정의

　　흑인 여성 운동의 대모라 불리는 벨 훅스는
저서『올 어바웃 러브』(이영기 옮김, 책읽는수요일,
2012)에서 '러브Love'는 형용사가 아니라 동사라
는 점을 강조한다. 그에 따르면 진정한 사랑이란
'솔직하고 열린 마음으로 상대를 보살피고 애정
을 표현하고 상대에 대해 책임을 지고 상대를 존
중하고 상대에게 충실과 헌신을 다하고 상대를
신뢰하는 것'이다. 어느 날 갑자기 풍덩 빠지는 게

아니라 의지를 가지고 선택한 사랑이 더 진실할 수 있다고도 한다. 세상에 저런 사랑을 할 줄 아는 사람이 몇이나 될까 싶지만 지향점으로 삼기에는 충분해 보인다. 사랑이 단지 상태가 아니라 의지를 갖고 무언가를 실천하는 행위라면 사랑이란 달콤한 포장지에 싸인 오물을 감별하기가 한결 쉬워진다.

미국 드라마 〈스타게이트〉(2006~2007)에는 이런 대사가 나온다. "사랑은 감정이야. 네가 사랑이라고 느끼면 사랑인 거라고." 나는 이 정의도 좋아한다. 동시에 이 정의가 사랑을 동사로 보는 관점과 배치된다고 생각하지도 않는다. 사랑은 분명 감정에서 시작하지만 대부분의 경우 그 감정의 목표는 특정한 관계의 형성으로 귀결되고, 모든 인간관계의 형성과 유지에는 행동 수칙에 대한 이해 당사자 간의 합의가 필요하다. 올바른 관계 형성을 위해서는 서로의 감정이 얼마나 깊은가보다 이 합의가 얼마나 원만하게 이뤄지고 실천되는가가 중요하다. 단지 "사랑에 빠졌다"가 아니라 "연인" 혹은 "사랑하는 사이"라는 표현을 얻기 위해서는 '동사로서의 사랑'이 필요한 것이다. 하지만 서로 다른 조건, 배경, 경험, 세계관을 가진 타인이 만나 사랑의 실천 수칙에서 선뜻 합의에 이르는 경우는 드물다. 하기야 부모 자식 간에도 이 부분이 합의가 안 되는 바람에 나름대로 사랑은 한다면서 서로 원망이 산처럼 쌓인 가족이 허다한데 로맨스에서야 오죽할까.

오래전 만난 남자는 내게 물었다.

"너는 사랑이 뭐라고 생각하니?"

"모…… 모르겠는데요. 오빠는 뭐라고 생각하세요?"

"나는 말이야, 사랑은 서로를 변화시키는 거

라고 생각해."

　나는 일리가 있는 말이라고 생각했다. 그때 내가 상상한 건 "당신은 나를 더 나은 사람이 되고 싶게 만들어요"라는 영화 명대사(〈이보다 더 좋을 순 없다〉(1997)) 같은 것이다. 서로 좋은 영향을 주고받으며 더 나은 사람이 되는 것, 마다할 이유가 없다. 하지만 그가 생각한 '변화'가 다른 의미였다는 걸 깨닫기까지는 오래 걸리지 않았다. 그는 나의 말투, 옷차림, 사소한 습관들을 변화시키려고 사사건건 잔소리를 퍼부어 댔으나 나의 진로를 응원해서 삶이 발전하도록 돕는 데는 별 관심이 없었다.

　또 다른 남자는 이렇게 말했다.

　"사람은 마음이 가면 행동으로 드러나게 되어 있어. 그러니까 진짜 사랑한다면 관계를 위해 노력이란 걸 할 필요가 없지. 우리는 서로 마음이

가는 대로, 감정에 충실하게 살자."

나는 뭔가 찝찝했지만 일단 일이 어떻게 돼 가는지 지켜보기로 했다. 그리고 곧 그가 찰나의 감정들에까지 무척 충실한 인간이라는 걸 알았다. 순간의 감정으로 바람을 피우고는 모텔 침대보에 묻은 정액이 마르기도 전에 내게 조르르 달려와서 사랑한다 말하기는 예사였다. 그러다 들키면 갑자기 사랑인지 소유욕인지 뭔지가 펑펑 솟아나서 구질구질 매달리곤 했다.

어느 남자는 이렇게 말했다.

"이제부터 너는 내 여자 친구야."

"너는 나를 잘 모르잖아."

"그게 무슨 상관이야. 사랑은 사고(Accident)야. 불가항력이라고."

아니나 다를까 그는 나를 알아 가는 데는 별 관심이 없었다. 우리 사이에는 대화가 거의 없었다. 나중에 알고 보니 그는 나보다 열 살이 어렸고, 그의 어머니가 우리 도시에 방문한 것을 계기로 우리의 관계는 종료되었다.

　사람들은 저마다 사랑을 말하지만 단지 이성 간의 사랑만 따져 봐도 그 정의와 활용법에 의외로 큰 차이가 난다. 이토록 정교하지 않고 사회적 합의도 안 된 단어가 일상에서 버젓이 사용된다는 게 놀라울 지경이다. 인류 역사가 수만 년이 됐는데도 인간은 2차 성징을 겪듯 인생의 어느 시기 '사랑이란 뭘까?'를 스스로 고민하면서 성장하고, 헤어지는 연인들은 연애 기출문제집에서 발췌라도 한 듯 "너 정말 나를 사랑하긴 한 거니?" 묻고, 어떤 인간들은 구애와 스토킹조차 구분을 못 해서 송사에 휘말린다. 사랑하면 끝까지 책임져야 한다는 믿음을 가진 사람과 사랑과 결혼은 별개라 믿는 사람, 사랑을 배타적 이성 관계로 보는 사람과 순간의 감정일 뿐이라 믿는 사람, 사랑을 헌신의 인접어로 보는 사람과 섹스나 소유의 인접어로 보는 사람과 기타 등등이 얼렁뚱땅 서로의 말을 알아듣는 척하면서 살아가는 거다. 그 괴리에서 관계의 고통이 시작된다.

사랑을 추상적인 감정의 영역에 남겨 두는 것은 이 혼란을 해결하는 데 아무런 도움이 되지 않는다. 인류 전체가 '사랑의 정의는 이것으로 합시다!'라고 결정할 순 없다 해도 당신만의 정의를 고민하고 그것을 함께 이루어 갈 타인을 발견하는 일은 중요하다. 그것이 당신 주변에 둘 타인을 결정하는 기준이 되어야 한다. 이때 유의할 점은 로맨틱한 사랑 역시 넓은 의미의 사랑 안에 속한다는 거다. 우리는 사랑이 상대에게 잘 보이고 싶은 마음, 잘해 주고 싶은 마음, 인생을 전반적으로 즐겁게 해 주는 긍정적인 감정이라는 걸 안다.

그런데 로맨스만은 유독 가슴 아픈 느낌, 떨림, 호르몬의 이상 작용 같은 '감각'의 영역에 몰아넣고 불가항력이라는 핑계를 대면서 배려, 친절, 기쁨 등 사랑의 충분조건들로부터 면제시켜 주는 패착을 저지르곤 한다.

　　이런 무책임한 관계는 인생을 정체시키고 부패하게 만든다. 나는 더 이상 그런 관계를 원치 않으며 그것을 사랑이라 부르고 싶지도 않다. 진정 나를 사랑한다면 나의 성장을 지지할 거라는 믿음, 그게 관계의 가치와 지속 여부를 판단하는 중요한 기준이 되었다. 일단 이런 대전제에 합의가 되면 행동 수칙을 조율하는 건 비교적 간단한 문제다. 나는 가장 최근에 만난 남자 친구에게도 사랑이 뭐냐고 물은 적이 있다. 그는 이렇게 대답했다.

"서로를 서포트Support 하는 것."

    '서포트'라니까 돈, 일, 성공과 관련한 건조한 단어처럼 들리지만 거기에는 서로의 자존감을 북돋우고 심리와 정서를 윤택하게 만들어 주는 일도 포함이 된다. 이는 벨 훅스나 그에게 영감을 준 정신 의학자 모건 스캇 펙의 주장과도 일치한다. 스캇 펫은 그의 대표작『아직도 가야 할 길』(최미양 옮김, 율리시즈, 2011)에서 사랑을 이렇게 정의했다.

'자기 자신이나 타인의 성장을 도울 목적으로
자신을 확대시켜 나가려는 의지.'
이는 반드시 로맨틱한 관계에만 국한된 정의가
아니다.
가족, 친구, 동료 간에도 이런 사랑이 가능하다.

지금 사귀고 있는 남자 친구와 함께 2년쯤 시간을 보내고 나서, 나는 문득 이런 생각이 들었다. 내가 혼자 있을 때의 나 자신보다 그와 함께 있을 때의 내 모습을 더 좋아한다는 거다. 그와 함께 있을 때 나는 더 합리적인 의사 결정을 내리고, 시간을 더 효율적으로 쓰며, 짜증을 덜 내는 사람이 된다. 나는 어째서 그가 지금까지 만난 여자들과 헤어지고 나서도 좋은 친구 사이로 남았는지 알 수 있었다.

우리가 찾는 진실은 때로 가장 잘 보이는 곳에 단순한 형태로 존재한다. 당신이 생각하는 '사랑'이란 무엇인가? 정답을 맞출 필요는 없다. 당신의 상황이나 경험에 따라 필요한 사랑의 형태도 달라질 수 있다. 다만 그릇된 관계들로부터 자신을 보호하기 위해 그 정의를 항상 긍정적인 단어들로 채울 필요는 있다. 배려, 다정함, 보살핌, 격려, 서로의 성장을 도우려는 자세, 상대를 위해 내가 더 나은 사람이 되려는 노력 같은 것들 말이다.

단순하지만 명확한 기준을 갖고 있으면

사랑이 힘들 때

이불을 덮어쓰고 우는 대신

단호하게 말할 수 있게 된다.

'그건 사랑이 아닙니다.'

연애를 드라마로 배웠습니다

친구가 말했다.

"그는 왜 고백을 안 하는 거야!"

친구는 연애를 안 한 지 십 년이 넘은 상태였고, 모처럼 자신에게 관심을 보이는 남자가 나타났지만 소위 말하는 '연애 세포'가 다 죽어 버린 건지 갈피를 못 잡는 참이었다. 나는 친구가 헛물을 켜는 게 아닌가 걱정돼서 정황을 물었다. 듣자니 남자는 이런저런 핑계를 만들어서 친구가 혼자 사는 집에 들르기도 하고 퇴근길에 전화해서 수다를 떨기도 했다. 여기서 중요한 건 그들이 스무 살짜리 대학생이 아니라 중년의 직장인이라는 점이다.

"그럴 때 너의 반응은?"

"분명하게 사귀자 어쩌자 말을 안 하니까 짜증 나잖아. 그래서 귀찮아했더니 연락이 끊겼어. 진짜 한심한 남자 아니니?"

나는 답답했다. 내 직간접 체험으론 연애에서 고백이란 자연스럽게 관계가 깊어질 가능성이 없는 상황에서 던지는 승부수일 뿐 당연한 통과 의례는 아니다. 하지만 친구는 평범한 호의나 성욕 따위를 낭만적 감정으로 오해했다가 상처 받기 싫어서 상대가 더 뚜렷한 사인을 보내 주기를 바랐다. 짐작컨대 상대방도 마찬가지였을 거다. 감정이 통제 안 되는 어린애면 모를까, 나이

나는 나를 사랑한다 1부 사랑

가 들면 굳이 거절당할 위험을 무릅쓰면서까지 교제 요청을 할 정도로 절실한 감정이 생기는 일은 잘 일어나지 않는다. 어쩌면 남자 스스로도 이 관계에서 뭘 원하는지 결론을 못 내린 걸 수 있다. 그리하여 남자는 조금씩 미끼를 던지고 반응을 살피는 식의 눈치 게임에 돌입했고, 그에 익숙지 않은 친구가 이른바 '철벽'을 치면서 게임이 종료된 걸로 보였다. 흔히 벌어지는 일이다. 다만 내가 답답한 건 친구가 그리는 낭만적 연애의 이상향이었다. 남자가 여자에게 푹 빠져서 "사랑한다. 사귀자." 고백하고 여자는 마지못해 승낙하는 그림 말이다. 내 머릿속에 『그는 당신에게 반하지 않았다』류의 연애 코칭 서적이나, 한국 트렌디 드라마 속 저돌적인 남자 주인공들의 모습이 스쳐 지나갔다.

"우리 30대 후반이잖아."

"그렇지."

"그리고 우린 전지현이나 송혜교가 아니잖아."

"그…… 그렇지."

"그런데 왜 드라마 속 순정남을 기대하는 거야? 남자가 나한테 푹 빠져서 '사랑합니다. 제발 사귀어 주세요!' 하는 일은 드라마에나 나오는 거라고! 그 자신이 드라마에 푹 빠져 있는 남자들이나 '나를 거부할 여자가 세상에 어딨어'라고 생각하는 나르시시스트가 아니고서야, 목소리 듣고 싶어서 전화했는데 '끊어라'라고 대꾸하는 여자한테 고백 따위를 하지는 않아."

친구는 혼란스러운 얼굴이었다. 그건 그녀가 배운 연애 이론에 없는 말이었으니까. 사랑은 가난과 재채기처럼 숨길 수 없는 것이라거나, 남자는 마음이 가면 표현을 하게 되어 있으니까 그가 확실히 고백하기 전까지는 호감을 추정하지 말라거나 기타 등등 쓰레기 같은 조언이 흘러넘치는 세상 아닌가. 나는 친구에게 내가 아는 연애 코칭의 진실을 들려주었다.

"자, 들어 봐. 내가 아는 사람 중에 자타공인 연애 박사가 있어. 고등학생 때부터 남자한테 인기 많은 걸로 유명했지. 본인 말을 들어 보면 남자를 수집품 이상으로 안 여기는 것 같은데 이상하게 주변에 순정을 바치는 남자가 들끓었어. 그녀의 비결이 뭔지 않아? 드라마를 만들어 내는 창의력과 연애를 향한 집념, 그리고 블러핑이야. 어느 날 그녀가 어장에 담아 놓고 관리하던 남자가 그녀의 친구에게 관심을 보인 적이 있어. 위기감을 느낀 그녀는 남자를 교외의 납골당으로 데려갔어. 마지막으로 꼭 보여 줄 것이 있다면서. 그러고는 어느 할머니의 영정 앞에서 울기 시작했어. '이 분은 불행한 어린 시절 나의 유일한 안

식처이던 외할머니로, 나는 힘들 때마다 여기에 온다. 할머니께 너를 꼭 소개해 드리고 싶었다'며. 하다못해 어장 관리를 하는데도 이렇게 집념과 노력이 필요하단 말이야. 하지만 이런 내막을 알 턱없는 주변 사람들 앞에서 그녀는 자신의 매력 자본 덕에 당당하게만 살아도 남자들이 부나방처럼 달려드는 양 얘기하지. 그게 블러핑이야. 그런데 그녀뿐만이 아니야. 누구나 블러핑을 하지. '나는 별로 한 게 없는데 내 애인은 이렇게나 나를 사랑해. 나한테 이렇게 잘해 줘'. 그런 말을 듣다 보면 내 '썸남'이 나한테 하는 행동들은 너무 애매모호하고 연애의 사인으로 받아들이기엔 충분치 않아 보여. 상대가 나를 공주처럼 대접하지 않으면 사랑이 아닌 것 같고. 연애 문제에선 당사자 둘만이 파악할 수 있는 그 순간의 감정과 분위기가 있고, 관계란 서로 주고받으면서 형성이 되는 건데 자꾸 여기저기서 주위들은 이론으로 객관적 답을 내리려 하고 일방적 구애를 바라니까 진척이 안 되는 거라고. 일방적으로 받기만 하는 관계는 의외로 현실에 드물어."

친구는 그럴 수도 있겠다며 고개를 끄덕였다. 나는 덧붙였다.

"남녀 사이는 3개월 안에 답 안 나오면 파투니까 너무 오래 속 끓이지 마라."

그건 내 경험에서 나온 조언이었다. 나 역시 오랜 비연애 기간 중에 모처럼 마음에 드는 남자를 만났으나 '객관적이고 확실한 사인'을 기다리느라 타이밍을 놓쳐 버리고 애매한 지인으로 남은 적이 몇 번 있다.

어느 분야건, 실전 경험 부족보다 위험한 게

간접 경험으로 얻은 편견 혹은 판타지다.

연애도 마찬가지다. 우리는 허다한 멜로드라마와 로맨틱 코미디가 가짜인 걸 알면서도 거기에 젖어 산다. 내가 아무리 멍청하고 엉뚱한 짓을 저질러도 있는 그대로의 나를 사랑해 주고, 아무리 밀어내고 속 썩여도 그 사랑을 포기하지 않는 상대가 어느 날 갑자기 하늘에서 뚝 떨어지기를 기대한다. 심지어 연애를 시작하고 나서도 계속 그 허구와 나의 현실을 비교하면서 상대를 시험에 빠뜨린다. '내가 이래도 나를 사랑할 거야? 너는 이런저런 것을 해 주지 않았으니 나를 사랑하는 게 아니야! 내게 무릎 꿇고 반지를 건네며

청혼을 하란 말이야! 그가 나에게 최선을 다하지 않는 건 내가 드라마 주인공처럼 예쁘고 날씬하지 않기 때문이야!' 소위 '할리퀸 로맨스'와 현실을 혼동하는 패착은 일부 여성들만의 문제는 아니다. 연애 역할극도 합이 맞아야 성립하는 거다. 프러포즈를 하고, SNS 프로필을 바꾸고, 할 필요 없는 질투를 하고, 기념일을 챙기고, 꽃다발을 건네고, "너를 지켜 줄게" 다짐하는 식의 연애 매뉴얼을 충실히 따르는 남자는 또 얼마나 많은가. 그러다 매뉴얼을 벗어나는 이상 행동이 감지되면 객관식과 요점 정리, 족집게 과외 좋아하는 한국인답게 "너 왜 그래?"라고 상대에게 묻는 대신 친구들을 불러 앉혀 놓고 안건을 상정하거나 점쟁이에게 묻거나 연애 상담 프로그램과 잡지에 이메일을 보낸다. 그러면 상담자들은 "당신을 사랑하지 않는 거네요. 당장 헤어지세요!" "그 사람

놓치면 후회합니다. 꽉 잡으세요!" 명쾌한 답을 제시한다.

픽션에 과몰입해서 현실과 허구를 구분 못 하는 상태를 우리는 '중독'이라 부른다. 그런데 로맨스는 워낙 역사가 유구한 장르다 보니 온 세계가 그것에 집단 중독되고도 눈치를 못 챈다. 수십 세기에 걸쳐 인류가 다 함께 창작하고 유통해 온 이 판타지에 똑똑하고 독립적이고 쿨한 인간들도 자주 속아 넘어간다. 그들이 달라진 요즘 드라마를 안 봐서 최신 역할극에 서툴 수는 있다. 하지만 '남자는 여자에게 사랑을 주는 존재고 여자는 받는 존재다' '로맨스가 인생의 하이라이트다' 같은 고전적인 판타지는 우리의 핏줄 속에 남아 행동 양식을 지배한다. 아마 당신은 자기가 드라마와 현실을 헷갈릴 정도로 멍청하진 않다고 확신할 거다. 하지만 운명적인 로맨스가 외로움에 시달리는 당신을 구원해 줄 거라는 은밀한 기대까지 버리기는 어렵다. 인간 역사에 기록된 수많은 왕과 왕비, 위대한 남자들과 그들의 아내, 사랑에 목숨 바친 시인부터 100년 해로한 시골 부부에 관한 다큐멘터리, 매일 포털 메인을 장식하는 다채로운 군화와 곰신 이야기, 황당한 계기로 만나 둘도 없는 짝이 됐다는 친구 커플까지, 환상을 강화시킬 재료는 무궁무진하다. 이 환상의 주인공이 되고 싶은 나머지 상대를 사랑하기보다 사랑에 빠진 자신의 모습에 도취되어 "나는 이렇게 사랑을 하고 있습니다"라고 세상에 떠벌리고 다니는 사람들도 있다. 그 모습을 또 누군가는 부러운 얼굴로 지켜본다.

　　현실의 로맨스가 이 모든 환상을 완벽하게 충족시켜 줄 확률은 매우 낮다. 애초에 로맨스라는 게 대한민국 국민건강보험처럼 출생 신고만

하면 자동으로 주어지는 혜택이 아니다. 세상은 당신에게 낭만적 사랑이 다른 무엇과도 바꿀 수 없는 특별하고 멋진 것이라고 귀가 따갑게 판촉을 한다. 하지만 그건 갖고 싶다고 해서 인터넷으로 주문하면 새벽에 문 앞에 도착해 있는 공산품이 아니라 소량 한정판 아이템이다.

어쩌면 우리는 도달할 수 없는 무지개를 좇으면서 평생 실망과 헛헛함에 시달려야 할 운명인지 모른다. 그래도 가끔은 현실을 좀 돌아보자. 드라마는 드라마일 뿐이다. 편견과 판타지, 매뉴얼, 연애 코칭이 당신의 특수한 경험을 모두 설명해 줄 수는 없다.

당신과 그 사람은

세상에 하나뿐인 존재들이고,

진실은 두 사람 사이에,

둘이 보낸 시간에,

둘이 나눈 감정과 대화와 눈빛 속에 있다.

자존감을 높이면 나를 더 사랑하게 될까?

　　나 자신이 유난히 마음에 안 드는 날이 있었
다. 내게 자주 무례하게 굴고 상처 입히는 사람과
끝날 듯 끝나지 않는 연애를 이어 갈 때다. 그 관
계가 나를 망친다는 걸 알면서도 끊어 내려고 하
면 번번이 마음이 약해지는 자신이 한심했다. 나
는 무엇이 '나'에게 옳은 결론인지 알면서도 실제
로는 '그'의 진심이 무엇인지에 더 골몰했다. 최악
은 그 남자가 어디 내놓기도 부끄러울 정도로 수

준 낮은 인간이라는 걸 나 스스로도 알았다는 점이다. 이따위 형편없는 남자에게 나처럼 멀쩡한 여자를 만날 기회를 주다니 세상 모든 여자들에게 미안한 기분이 들 정도였다. 그래서 그에게 휘둘리는 내가 더 수치스러웠다. 내가 나 자신을 사랑하지 않는다고, 스스로를 학대하는 중이라고 느꼈다. 문득 '아, 이게 자존감이 낮다는 건가?'라는 생각이 들었다. 나는 곰곰이 나의 연애사를 되짚어 보았다. 사랑하는 사람 앞에서 우물쭈물하고, 섭섭한 게 있어도 몇 날 며칠씩 혼자 삭히고, 남자 친구의 호출에 할 일을 미루고 달려가던 내 모습이 하나둘 떠올랐다. 인터넷에서 '자존감'을 검색해 보았다. '대충 맞는 것 같다, 내 문제는 자존감이 낮은 거였어!' 거기까지 생각이 미친 나는 '그럼 그 자존감이라는 걸 높여 보자'라는 자연스러운 결론에 따라 인터넷 서점에서 학습 자료를

검색했다. 기다렸다는 듯 베스트셀러 목록이 떴다. 자존감 때문에 고민하는 사람이 나 혼자가 아니라는 사실에 새삼 안도감을 느꼈다.

내가 이 일을 얘기하자 친구가 깔깔 웃었다.

"야, 네가? 너 자존감 높잖아."

그는 나의 연애 상황을 잘 몰랐다. 물론 나는 나를 사랑한다. 내가 꽤 괜찮은 인간이라 생각하고, 타인의 말에 휘둘리지 않는 편이다. 하지만 그게 모든 상황과 관계에 적용되진 않는다. 특히 연애 감정은 인간의 약점을 교묘하게 파고드는 면이 있다. 연인들은 서로의 외로움과 욕망을 적나라하게 내비치면서 그것을 해결해 달라고 제 딴엔 최선의 모습으로 상대를 유혹한다. 그 과정에서 타인은 알 수 없는 각자의 사회적 가면 뒤에 감춰진 민얼굴, 혹은 인성의 밑바닥이 쉽게 까발려진다. 사랑 앞에서 우리는 평소보다 구질구질해지고, 더 쉽게 상처받고, 더 한심해진다. 그게 각자의 머릿속 자화상에 영향을 미친다.

사람들은 흔히 묻는다. "자존감을 높이면 더 사랑받게 될까요?" 한때 내 자존감을 염려할 정도로 나쁜 연애를 하다가 무사히 회복한 사람으로서 개인적인 결론은 자존감이 관계에 미치는 영향보다 관계가 자존감에 미치는 영향이 더 크다는 거다.

/

사존감이라는 게 원래 있다가도 없고
없다가도 있는 거 아닌가.
사랑과 배려를 받으면 높아졌다가 실패를
거듭하면 낮아지기도 한다.

/

물론 그에 상관없이 항상 스스로를 존중하고 자기 페이스를 유지하는 사람들도 있다. 나는 언젠가 후배와 대화를 하다가 "그가 나를 사랑한다는 건 의심한 적이 없어요. 그런데 왜 그런 행동을 할까요?"라는 말을 듣고 감탄한 적이 있다. 나처럼 평범한 사람은 상대방이 이상한 행동을 하면 '사랑하면서 왜 저런 짓을?'이 아니라 '사랑하지 않는 걸까?' '내가 뭘 잘못했나?'라는 생각이 먼저 들어 버린다. 자존감이 너무 낮아서 항상 상대방에게 휘둘리는 정도는 아니지만 매사 지나치게 검열하고 자책하는 경향이 있다. 의견을 제시하기보다 끌려다니는 게 편할 때도 많다. 나는 많은 사람이 이 정도로 가변적인 자존감을 가졌을 거라 짐작한다. 누가 자기를 좋아한다고 하면 갑자기 거울 속 자신이 매력적으로 보이다가 소개팅에서 성에 안 차는 상대를 만나면 '주선자는 내 가치를 이 정도로 봤단 말인가. 내가 이것밖에 안 되나' 하고 며칠 동안 비참함을 느끼는 수준 말이다. 나는 항상 "나 같은 사람을 누가 싫어하겠어? 온 세상이 나를 사랑해"라고 농담을 하지만 그건 자신을 향한 응원일 뿐 실제로는 사랑받지 못할 수도 있다는 두려움을 항상 갖고 있다. 나는 '내가 보는 나'뿐 아니라 '타인이 보는 나'도 나라고 생각하는 평범한 사람일 뿐이다. 그리고 그게 인간이 자신의 결함을 수정하고 발전하기 위해 꼭 필요한 태도라 여긴다.

'타인이 보는 나'에 신경을 쓴다는 것, 즉 자기 정체성을 완전히 내재화하지 않고 수정 가능성을 열어 둔다는 건 때로 많은 문제를 야기한다. 특히 외부의 평가가 축적되지 않은 어린 시절에는 그렇다. 20~30대 여자 후배들이 집에 놀러 왔다가 가장 맛있는 음식이나 편한 의자, 접시 등을 무조건 남들한테 양보하면서 "저는 다 괜찮아요 헤헤" 하는 걸 보면 그 즈음의 내가 떠올라 안타깝다. "네가 스스로를 대접하고 귀한 사람인 척해야 남들도 너를 그렇게 대하는 거야. 무조건 귀염받고 자란 부잣집 막내딸처럼 행동하란 말이야. 특히 회사에선 절대 이러지 마. 불편해도 연기를 해야 돼. 네가 스스로를 챙기지 않으면 옆에서 늘 신경 써서 챙겨 줘야 하는데 그것도 부담이야. 남들 신경 쓰지 말고 너부터 챙겨." 그렇게 충고한다. 하지만 그들의 행동이 바로 바뀌지는 않는다. 자신은 당연히 대접받을 가치가 있는 존재라는 걸 믿지 않고, 매사 타인에게 우선권을 준다. 그게 배려라고 배우고 자란 거다. 혹은 그것이 상대에게 좋은 인상을 남기는 방법이라고 믿거나. 상대적으로 남자들은 덜하다. 여자들끼리는 맛있는 음식이 있으면 서로 양보하거나 남의 접시에 먼저 덜어 주지만 남자들은 자기 먼저 먹는다. 여자들은 그게 이기적이라고 서운해하지만 남자들은 별 뜻 없이 '먹고 싶으면 자기가 알아서 먹겠지'라고 생각하는 것뿐이다.

심하게 타인을 배려하고 눈치를 살피는 태도는 연애를 할 때 치명적인 약점이 된다. 상대의 의견에 다 맞춰 주고, 상대의 취향에 따라 자신을 바꾸고, 자신에 대한 상대방의 의견을 지나치게 중시함으로써 사소한 말과 행동에도 크게 반응하고 기분이 늘 널뛰기를 한다. 그러고는 상대가 같은 수준으로 자신을 배려하지 않는다고 서운해한다. 이런 줏대 없는 태도는 배려라기보다 상대에게 자아를 의탁하는 게으른 짓이다. 자아를 의탁당한 상대방도 부담스럽고 피곤하고 짜증 난다. 당신이 친구와 여행을 가기로 했는데 그 친구가 "난 아무것도 몰라. 네가 다 알아서 해" 한다고 가정하면 이해가 될 거다. 여행을 가서는 가뜩이나 힘들어 죽겠는데 친구는 당신 표정에 일희일비하면서 "화났어? 왜 그래?"라고 5분마다 물어보고, 테이블 건너편에 턱을 받치고 앉아 당신 얼굴만 쳐다보면서 "다음엔 어디 갈 거야?"라고 채근하고, 매일 힘들다고 징징거리기까지 한다. 친구한테 오만 정이 뚝 떨어질 거다. 자존감 없는 사람과 연애를 하는 건 그와 비슷하다. 연애는 인생이라는 긴 여행에서 한동안 누군가와 동행을 하는 거다. 각자가 역할을 나눠 가지고 스스로를 챙기고 안정적인 심리 상태를 유지해야 동행이 즐거울 수 있다. 상대가 더울까 추울까, 무슨 음식을 좋아할까 알뜰하게 챙기는 것만이 배려가 아니다. 스스로를 챙기고 쉽게 흔들리지 않는 지표로서 존재해 주는 것도 중요한 배려다.

자신을 먼저 사랑해야
타인과의 사랑도 가능하다.

　당신은 재수 좋게 일찌감치 뭘 하든 "잘한다, 예쁘다" 해 주는 사람을 만나서 높은 자존감을 확립했을 수도 있고, "너는 도대체 잘하는 게 뭐냐" 식으로 면박만 주는 인간을 만나 오래 헤맸을 수도 있다. 중요한 건 당신 혼자서 당신이 누구인가, 어떤 인간인가를 결정할 수는 없다는 점이다. 당신이 소시오패스가 아닌 한 말이다. 하지만 당장 "너 자신을 사랑하세요" "자존감을 높여야 합니다"라고 제3자가 충고해 봐야 달라지는 건 없다.

　한 가지 다행스러운 건 인간관계의 경험이 쌓일수록 자존감은 안정된다는 거다. 타인의 사소한 언행에 따라 자기 이미지나 가치를 재설정하고, 긍정적 피드백을 위해 엇나간 배려를 하는 일도 크게 줄어든다. 자기 확신이 생기는 거다. 회사 생활을 십 년쯤 하면 한두 번 실수를 저질러도 "에이 그래도 내가 일 잘하는 거 알아주는 사람이 더 많아" 하면서 느긋해지는 것과 마찬가지다. 연애에서도 경험이 쌓이면 뭘 어찌할 줄 몰라 무조건 맞춰 주고 무조건 잘해 주는 대신 '이건 내가 맞아' '네가 뭔데 나를 평가해. 나는 매력적인 사람이 맞아'라는 식의 확신이 생긴다. 하지만 그러기 위해서는 일단 긍정적인 경험이 쌓여야 한다. 돌이켜 보면 친구들에겐 세상 제멋대로 사는 센 여자 이미지인 내가 연애 문제에서 자존감을 염려할 정도로 궁지에 내몰린 것도 일이나 우정 등 다른 분야에서처럼 자신을 긍정할 데이터가 풍부하지 않아서였다. 그리고 그때까지 긍정적인 데이터가 부족했던 것은 내가 못났다기보다는 운이 나빴기 때문이라고, 지금은 생각한다.

인간은 누구나 그런 시기를 겪는다. 남들이 보기엔 연애 고수 같은 사람도 물어보면 한 번쯤 자신이 너무 쓰레기 같아서 환멸이 나고 이런 나를 사랑할 사람은 지구상에 없을 것 같다는 막막한 기분에 사로잡힌 적이 있다. 하지만 그건 기분일 뿐이다. 매력이 한 푼어치도 없는 인간은 없다. 그런 착각에 빠져 소심해지는 건 상황을 개선하는 데 아무런 도움이 안 된다. 그 착각과 맞서 싸워야 한다. 용기를 내서 한 발씩 앞으로 나아가야 한다. 나는 나쁜 연애 때문에 자기혐오에 빠져 비관하던 인간들이 다시 사랑을 시작하고 긍정적인 관계를 통해 자아를 회복하는 일을 숱하게 목격했다.

그러니 지금 자신을 사랑할 수 없다면

그게 문제의 원인이라고 자책하고

자신을 뜯어고치려 애쓰는 대신

그런 고민이 들게 만든 부정적인 관계를

인생에서 제거하는 게 먼저다.

자존감을 깎아 먹는 나쁜 연애를 지속할 바엔

당신을 아끼는 가족, 친구, 혹은

자기 자신과 시간을 보내라.

긍정적인 관계가 쌓이면 스스로를
사랑하기가 한결 쉬워질 것이다.
좋은 사람만 만나기에도
인생은 너무 짧다.

누가 누구를 더 사랑하는가 하는 문제

발리의 한인 식당에 들렀다. 몇 번 다녀서 안면이 익은 사장님이 내게 물었다.

"프랑스 남자들도 말이 많아요?"

"네?"

사장님은 내 남자 친구가 프랑스인인 걸 안다.

"내 남편이 요새 너무 잔소리가 심하고 말이 많아. 피곤해 죽겠어."

"하하. 남자들도 갱년기에 성격이 바뀐다더

라고요. 프랑스 남자들은 원래 말이 많은 것 같아요. 잔소리는 아닌데 기본적으로 말하는 걸 좋아하더라고요. 제 남자 친구도 수다쟁이에요."

"요 근처에 다른 유럽 남자랑 결혼한 한국 여자가 있어요. 남편이 잘생겼어. 내가 '다음 생에는 나도 외국인이랑 결혼해야겠다. 한국 남자 지겹다'고 하니까 그러지 말래. 한국 남자가 최고래. 그 나라 남자들은 속이 좁다나."

나는 웃었다. 사장님이 자리를 떠나자 나는 한국어를 몰라서 어리둥절한 남자 친구에게 통역을 해 주었다. 그는 인상을 찌푸렸다.

"그렇게 싫어하는 사람과 왜 같이 살아?"

나는 황급히 둘러댔다.

"아냐, 싫어하는 게 아냐! 그건…… 그건 일종의 한국 문화야. 누가 '네 파트너는 어때?'라고 물으면 우리는 '완벽한 사람이야. 나는 그를 사랑하고 우리는 행복해!'라고 말하지 않아. 일단 불평부터 시작하지. 하다못해 안 씻으면 냄새가 난다거나 방귀를 많이 뀐다거나 뭔가 부정적인 내용 있잖아. 그리고 누군가 그렇게 말해도 우리끼리는 '아 저 사람은 파트너를 귀여워하는구나'라고 생각해."

남자 친구는 고개를 갸웃거렸다. 내가 덧붙였다.

"이를테면 프랑스 사람에게 '너 부자야?'라고 물을 때 '응 부자야. 나는 에르메스 스카프로 똥을 닦지'라고 말하면 '저 자식 재수없다'고 생각할 거 아냐. 거긴 재력을 과시하는 문화가 없으니까. 그것과 마찬가지야. 우리는 사랑을 매우 사적이고 아무나 얻지 못할 소중한 것으로 여기기 때문에 그것을 표현하는 데 겸손할 뿐이야."

그는 돈과 사랑을 비유한 대목에서 이해가

간다는 듯 활짝 웃음을 지었다.

"그거 마음에 든다. 애정을 과시하는 유럽 문화보다 한국 문화가 더 좋은 것 같아. 그런 식이면 사랑을 더 신뢰할 수 있을 테니까."

나는 살짝 진땀이 났다. 항상 나를 좋게 말하는 남자 친구와 달리 그를 '수다쟁이'라고 불평해버린 나 자신이 부끄럽고 미안해서 둘러댄다는 게 그만 이상한 오해를 불러일으킨 것 같았다. 그 후 그는 친구들이 "네 여자 친구처럼 괜찮은 사람이 왜 너 따위를 만나는지 모르겠다"고 농담을 할 때마다 이 얘기를 들려준다.

"훗 너희가 한국 문화를 몰라서 그러는데, 저래 봬도 나를 아주 사랑한다고."

나는 나대로 그 일을 곱씹었다. 왜 나는, 혹은 우리는, 타인에게 내 사랑의 크기와 깊이를 드러내기를 주저하는가.

스무 살 때였나. 내가 남자 친구 전화를 반갑게 받는 걸 보고 사촌 동생이 말했다.

"언니가 남자 친구를 더 사랑하는 거 같아."

그때 사촌 동생은 중학교 1학년이었다. 나는 저 녀석이 어디서 저런 말을 배웠나 의아했다. 어쨌든 듣기 썩 좋은 말은 아니었고, 나는 밤새 그 말에 대해 생각했다. 그런가? 내가 더 사랑하나? 왜 그렇게 보였을까?

그 뒤로도 나는 연애만 했다 하면 비슷한 말을 들었다. 나중에는 노이로제가 생길 지경이었다. 왜 다들 그렇게 힘의 우열을 가리지 못해 안달인가. 우리는 테니스를 치는 게 아니라 연애를 하는 건데. 물론 나 스스로도 연애를 하면서 '내가 그를 사랑하는 것만큼 그는 나를 사랑하지 않는 것 같아'라는 생각에 우울한 적이 있다. 내 자존심을 지키기 위해 덜 사랑하는 척한 적도 있다. 그

의 전화를 기다리는 내가 싫어서 연락처를 차단
한 적이, 그의 눈을 보는 대신 먼 곳을 보며 딴소
리를 한 적이, 상처받지 않은 척, 불안하지 않은
척한 적이 있다. 더 많이 사랑하는 사람이 약자라
는 건 연애의 불문율이고, 그건 누가 가르치지 않
아도 사랑에 빠져 보면 안다. 일방적인 사랑은 인
간의 자존감을 무너뜨리는 직격탄이고, 자존감
이 낮아질수록 기존 관계에 더욱 집착하게 되어
헤어나기 힘들어지기 때문에 감정의 균형이 무
너질 것 같으면 재빨리 관계를 정리하는 게 좋다
그런데 그만 '손절할' 타이밍을 놓쳐 더 이상 가
망 없는 관계에서 벗어나지 못하고 자기를 갉아
먹는 사람을 보면, 그래, 주변 사람으로서 이렇게
주의를 줄 수 있다. "네가 더 사랑하는 것 같아".
하지만 문제는 우리가 늘 스포츠에 임하듯 '누가
누구를 더 사랑하는가' 따지고 그게 오히려 멀쩡

한 관계조차 망치는 원인이 된다는 거다.

／

연애를 게임으로 보는 관점은 '밀당'이라는
기이한 문화를 만들어 냈다.
사랑하면 더 아끼고 잘해 줘도 부족할 판에
오히려 냉정하게 굴고 밀어낸다.
이 무슨 시간 낭비란 말인가.

／

그다지 그립지 않은 옛 남자 친구와 사귄 지
3년째 되던 해, 나는 그가 친구에게 연애 코칭하
는 걸 들었다.
　"여자가 부른다고 조르르 달려가면 안 돼. 열
번쯤 부르면 한 번 가 주란 말이야."
　나는 배신감이 들었다.

"아, 너는 그래서 내가 부르면 안 오는 거였어?"

그는 아차 싶었던지 웃으면서 눈길을 피했다. 나는 '어째서 그는 내가 필요한 순간에 내 옆에 없는가. 이럴 거면 연애가 왜 필요한가.' 고민한 날이 떠올랐다.

세상이 이 모양이다. 열네 살짜리조차 연애를 누구는 잃고 누구는 따는 노름판쯤으로 생각하는 문화 속에서 서로 아낌없이 애정을 표현하고 안정된 애착 관계를 형성하기란 쉬운 일이 아니다. 내 지인 중에는 쉰 살이 넘고도 매번 누가 연애만 하면 "네가 더 사랑하는 것 같아. 네가 아까워"라고 충고하는 사람도 있다. 같은 제3자로서 보기에 별문제 없는 커플에게도 그런다. 이만하면 습관이 아닌가 싶을 정도다. 그밖에도 많은 사람이 이런 말을 한다. 모두 내가 최근 몇 년 사이 실제 들은 말이다.

"요즘 나는 행복해. 처음엔 내가 더 사랑했는데 요즘은 걔가 더 나를 사랑하는 것 같아."

"나는 지금 남자 친구를 전 남자 친구만큼 사랑하지 않아. 내가 덜 사랑하니까 편해. 이 사람과 결혼할래."

이런 문장 속에서 사랑이란 상대를 신경 쓰고 불안해하고 슬프고 아리고 애틋한 상태, 다른 사람은 눈에 안 들어올 정도로 미쳐 있는 단계, 늘 그것을 의식할 수밖에 없을 만큼 강렬한 감정을 뜻한다. 그럼 잔잔하고 편하고 익숙한 것은 사랑이 아닌가? 나는 이 질문의 답을 안다. 친구에게 '밀당'하는 법을 코치하던 문제의 옛 남자 친구는 내가 헤어지자고 하자 "너를 생각만 해도 가슴이 아프다"며 한동안 구질구질 매달렸다. 그는 사랑과 자극을 혼동하는 사람이었기에 관계 단절이라는 자극에 쉽게 달아올랐다. 잔잔하고 편하고 익숙한 것도 잃고 보면 꽤나 사랑스럽다는 걸, 그는 몰랐던 거다. 나는 위의 말들을 이렇게 바꿔 주고 싶다.

"그는 (더 이상) 나를 불안하게 만들지 않아."

나도 어쩔 수 없이 연애 판정단에 둘러싸여 밀당의 문화 속에 자랐기 때문에 사랑을 아껴 표현하고, 상대를 칭찬하는 데 인색하다. 그게 나쁘다는 걸 알면서도 누가 "네 남자 친구 어때?"라고 물으면 즉각 "에휴, 그게……" 하면서 불평거리를 찾는다. 타인 앞에서 '나는 그에게 깊이 빠지지 않았다'고 항변하고 싶은 충동을 느낀다. 사람들 많은 자리에서 자연스럽게 파트너의 어깨에 기대며 입을 맞추는 유럽 친구들을 보면 나도 모르게 입술을 삐죽거리며 '얼레리꼴레리' 표정을 발사한다. 그건 자유연애의 역사가 길지 않아 타인 앞에서 사생활 드러내는 걸 터부시하는 문화나 실제로 마음을 준 만큼 돌려받지 못한 아픈 경험에서 비롯된 습관이기도 할 테다. 하지만 그것만으로는 남들 앞에서 "내 남자 친구는 수다쟁이입니다"라고 험담을 늘어놓는 나를 설명할 수 없다.

나는 연애를 '누가 누구를 더 사랑하는가'
승부 짓는 게임으로 여기지 않고,
다른 커플의 승패를 알고 싶지도 않다.

더 사랑하고 더 표현한다는 건 상처를 모르거나 두려움이 없는 게 아니라 상처에 더 강한 쪽이 할 수 있는 배려라고도 생각한다. 설령 진짜로 한쪽이 일방적으로 더 많이 사랑한다 해도, 자기가 선택한 관계를 수치스러워하거나 패배감을 느낄 필요는 없다.

　사랑한다면 먼저 따뜻해져야 한다. 하지만
타인의 시선이 닿으면 또 다른 내가 튀어나온다.

예수를 부정하는 베드로처럼

사랑을 부정하려는 내가 내 안에 있다.

그놈은 나의 이성보다 빠르게 내 말을 낚아챈다.

이 녀석을 어떻게 내보낼까 하는 게

요즘 나의 숙제다.

2부

이별

나는 나를 사랑한다

　　미국 영화 〈어쩌다 로맨스〉(2019)의 주인공 나탈리(레벨 윌슨)는 로맨틱 코미디를 싫어하는 사람이다. 그런데 어느 날 눈을 떠 보니 로맨스 영화의 주인공이 되어 있다. 세상은 분홍색으로 가득하고, 이웃에는 수다쟁이 게이 친구가 산다. 나탈리는 우연히 만난 몸 좋은 백만장자와 직장 동료 사이에서 삼각관계에 빠진다. 갈등하던 그는 마침내 자신이 진짜로 사랑하는 사람이 누군지 깨닫는다. 〈어쩌다 로맨스〉가 밀레니얼 세대 여성 관객을 위한 기획 영화라는 사실을 간파한 눈치 빠른 관객은 나탈리의 다음 대사를 짐작할 수 있다. 나탈리는 말한다.

"나는 나를 사랑해!"

콤플렉스 때문에 로맨스를 회피하던 여성이 자신을 긍정하게 됨으로써 사랑을 획득한다는 이야기는 여전히 이성애 로맨스에 대한 환상을 바탕으로 한다. 하지만 〈어쩌다 로맨스〉는 여성의 주체성을 강조하는 메시지를 끼워 넣어 시대에 부합하려 했다. 로맨스와 페미니즘을 적당히 섞어 보려는 제작진의 의도가 성공했는지는 관객 각자가 판단할 몫이다. 중요한 건 할리우드가 요즘 10~20대 여성 관객의 성향을 어떻게 파악하고 있는지, 그들이 어떤 메시지를 듣고 싶어 할 거라 생각하는지, 이 영화가 단적으로 드러낸다는 점이다.

　로맨스물의 주인공이 이성애와 자기애의 충돌에서 자신을 선택한 게 처음은 아니다. 저 유명한 〈섹스 앤 더 시티〉(1998~2004) 사만다(킴 캐트럴)의 명대사 "당신을 사랑해. 하지만 나를 더 사랑해"를 떠올려 보자. 2000년대 도시 여성의 바이블 〈섹스 앤 더 시티〉에서 주인공들은 모두 연애, 섹스, 결혼을 자아 표현의 수단으로 간주하는 현대적인 성 모럴moral을 갖고 있지만 그것을 통해 궁극적으로 추구하는 바는 달랐다. 미란다가 안정, 캐리가 낭만, 샬롯이 이상적인 상류층 가정의 완성을 꿈꿀 때 사만다는 철저히 쾌락을 쫓는다. 그러다 모처럼 낭만적 사랑에 빠진 사만다는 안 하던 짓을 한다. 애인이 다른 여자와 놀아날까 의심하고, 어리고 섹시한 여자를 질투하고, 바람 피우는 현장을 잡겠다면서 호텔 계단을 헐레벌떡 뛰어오른다. 그러다 불현듯 정신을 차린 사만다는 후련한 표정으로 애인에게 작별을 고한다. 저 작별 인사는 당대 여성들을 각성시킨 위대한 캐치프레이즈였다. 그런데 15년이 지난 아직까지도 "나는 나를 (더) 사랑해!"라는 대사가 선언적으로 들리는 이유는 무엇인가.

단적으로 얘기하면 이것은 우리가 자아 표현의 시대를 살아오면서 '나를 사랑해야 한다'는 명제에는 익숙해졌지만 아직 그 방법을 제대로 못 찾은 탓이다. 2000년대 아이콘 사만다는 뻔뻔할 정도로 자신감이 넘치고, 안정이나 낭만이라는 보험 없이도 관계의 공백이 거의 없는 인기인이다. 그는 아름다운 외모와 세련된 스타일을 이용해 타인의 시선을 모으고 그 시선을 통해 자아를 고취시키는 데 아무런 어려움을 겪지 않는다. 남성과 동등한 권리를 획득하기 위해 인간의 보편성을 강조한 20세기 엘리트 여성들과 달리, 그들이 닦아 둔 길을 통해 사회에 안착한 사만다와 친구들은 여성성을 한껏 즐기면서 때로 무기로 활용한다. 심은하가 양문 냉장고를 선물받고 "여자라서 행복해요!"라 속삭일 때(2000년 LG디오스 광고) 〈섹스 앤 더 시티〉 주인공들은 기분 따라 하이힐과 남자를 갈아 치우면서 "여자라서 행복해요!"를 외치고 있었던 거다. 양쪽 모두 이성애 파트너의 존재가 그들의 자존감과 행복감에 지대한 영향을 미친다.

최근 여자들은 무한한 성적 자유의 시대를 결산하면서 그것이 실은 여성 해방에 큰 도움이 안 되었음을 자각하고 있다. 아름답고 성공한 도시 여자들이 성을 즐기면서 인생을 자축하는 이미지는 도달하기도 힘들뿐더러 여자들의 구조적 불행을 가리거나 심지어 악화시키는 역할을 했다. 그리하여 사만다가 이성애 안에서 주체성을 찾는 법을 고민했다면, 그의 딸뻘인 〈어쩌다 로맨스〉의 나탈리는 아예 주체성을 위해 로맨스를 탈피하려는 시도를 한다. 그 결론이 자연스러운 건 나탈리가 사만다와 달리 타인의 시선을 통해 자기 긍정을 확보하기에는 불리한 조건을 갖고 있기 때문이다. 그리고 그것은 로맨틱 코미디의 주요 관객층인 여성 대부분이 겪는 문제기도 하다.

　나탈리는 뚱뚱하다. 그는 이성애를 꿈꾸는 한 타인의 시선에서 자유로울 수 없고, 타인의 시선에 연연하는 한 사회의 미적 기준에 부합하지 않는 자신을 평생 미워할 수밖에 없으리라는 점을 알고 있다. 섹스, 연애, 결혼도 자기표현의 수단이라는 데서 나아가 이성애가 오히려 여성의 자아실현을 방해함으로써 행복에 도달하는 것을 지연시킨다는 관점이다. 그러다 환상 속에서 맹목적으로 사랑받는 인기녀의 삶을 체험하고 자신감을 회복한 나탈리는 남자의 사랑보다 스스로의 사랑을 받게 된 것에 더 큰 충족감을 느낀다. 이성애도 자기애를 위한 과정일 뿐임을 깨달은 거다. '자신을 사랑하면 타인을 사랑하기도, 사랑을 받기도 쉬워진다'는 결말의 암시는 상업성을 위한 양념일 뿐, 로맨스를 버린 순간에 이미 나탈리의 행복은 완성된다.

여자들이 이성애와 자기애 사이에서 최소한 15년은 고민을 해 왔다는 건 슬픈 현실이다. 어째서 타인을 사랑한다는 게 나 자신을 잃는 일이어야 하는가. 〈어쩌다 로맨스〉는 자기애를 열렬히 응원하는 것으로 이 질문에 답한다. 그것이 시대의 요구이기 때문이다.

/

당신의 답은 무엇인가?

지금 사랑하는 그 사람, 이 우주에 존재하는지

안 하는지도 모르는 미래의 연인,

혹은 당신 자신 중에 누구를 가장 사랑할 것인가?

설령 그 선택이 낭만이나 쾌락 등

당신이 원하는 바를 가져다줄 수 없다 해도

"나는 나를 사랑한다"고 웃으며

말할 수 있겠는가.

/

/

한 가지 확실한 건,

당신을 죽을 때까지 변함없이 사랑해 줄 사람은

당신 자신밖에 없다는 점이다.

/

열등감은 어떻게 관계를 파괴하는가

2018년 미국에서 교수로 일하던 한인 남성이 아내를 살해하고 자살한 사건이 있었다. 아내는 남편보다 좋은 대학에서 일했고, 남편보다 빨리 종신 교수가 될 상황이었다. 사건 전 남편은 페이스북에 아내가 자기를 무시하고 인생의 중요한 결정을 독단으로 내렸으며 자기 부모에게 잘하지 못한다고 썼다. "웃으며 내 죽음을 맞이할 것"이라는 말도 덧붙였다. 진실은 고인들만 아는 것이고 유족을 생각하면 사건을 입에 담기도 껄끄럽다. 하지만 이 사건은 한국 여성들의 묵은 불쾌감을 들추어냈고 '남의 가정사'라고만 치부할 수 없을 만큼 많은 시사점을 남겼다. 훌륭한 여성 엘리트를 어처구니없게 잃었다는 사실 이상으로 한국 여자들을 분노하게 만든 건 전통적인 부부의 위계가 역전된 상황이 이 비극의 원인일 수도 있다는 점이다. 살인자가 남긴 단서들은 과도한 자존감을 가진 남성이 자기보다 잘난 배우자 때문에 열등감에 시달리다가 무너져 내리는 음습한 드라마를 떠올리게 했다. 아내가 자기보다 잘난 것, 커리어보다 가정을 우선하지 않은 것, 남자의 자존심을 챙기지 않은 것이 어떤 남자에게는 화나는 일일 수 있고, 남자가 그런 자기애적 충동에 사로잡히면 살인도 저지를 수 있다는 인식, 그 참혹한 상상에 여자들이 사는 세상이 고스

란히 담겨 있다.

나는 자라면서 "남자 기 죽인다"는 말을 숱하게 들었다. 우리 세대 여자들은 동네 친구들끼리 뛰어놀다가 싸움이 나도, 시험 성적이 좋아도, 친척 앞에서 남동생의 잘못을 지적해도, 놀이 집단에서건 회사에서건 같은 성별이 삼삼오오 모여서 큰소리로 웃기만 해도 "남자 기 죽인다"는 말을 들었다. 한국 남자의 기는 내가 기억하는 지난 40여 년간 줄곧 사경을 헤매고 있었다. 가정의 여자들이 온 힘을 다해 반짝 살려 놓아도 밖에 나가서 다른 남자들한테 치이면 금세 다시 죽어 버리기 때문에 항시 신경 써 돌봐야 했고, 어머니들은 아들이 결혼을 해서 분가를 할 때면 조선시대 아궁이 불씨 맡기듯 며느리에게 그 의무를 물려주었다. "남자는 밖에 나가서 큰일해야 되니까 집에서라도 편하게 해 주라"는 어머니 세대의 덕목은 여성의 사회 진출과 자아실현 추세에 발맞춰 "남자는 단순하고 아이 같으니까 잘 구슬려서 이용하는 게 여자의 지혜"라거나 "남자는 스스로 자기 정서를 돌보지 못하니까 여자가 도와줘야 한다" 등으로 변형됐지만 내용은 마찬가지였다. 아무튼 오냐오냐해 주라는 거다. 한편으로 남자의 성욕, 분노, 폭력, 미숙함 등은 본능이라면서 반쯤 눈감아 주는 사회 분위기가 여자들을 더욱 조심하게 만들었다. 남자의 눈치를 살피고 그들이 부정적 기분을 품을 만한 표현을 삼가는 것은 여자들의 생존술이요, 법 대신 이 사회가 채택한 안전장치였다.

온 사회가 그렇게 여자들 짓밟아 가며 남자의 자존심을 지극정성으로 돌본 결과가 무엇인가. 거절당하는 걸 못 견디고, 제 잘난 맛에 살고, 여자를 무시하고, 자만심만 비대한 괴물이나 작은 실패에도 충격을 받아 헤어나지 못하는 남자가 넘쳐난다. 모두가 오냐오냐하면서 그들의 자기 객관화를 방해하고 착각 속으로 밀어 넣은 탓이다. 특히나 여자에 의해 기가 꺾인다는 건 그들로선 상상조차 할 수 없는 일이다. 그들은 배우자가 자기보다 잘나면 쉽게 열등감에 빠져들고 초라함을 느낀다. 누군가는 아마 '모든 남자가 그런 건 아니다!' '일반화하지 마라!'라고 말하고 싶을 거다. 하지만 정도의 차이는 있을지언정 남자가 여자보다 우월한 존재라는 믿음, 우월해야만 한다는 압박감은 너무 흔해서 그것으로부터 자유로운 인간을 찾기 어려울 지경이다. 사회에서 중간 관리직 이상에 오른 여자들은 남자들이 여자 상사의 지시를 따르는 데 심정적으로 어려움을 겪는 경우를 흔히 본다. 내 남자 친구들은 자기가 나보다 잘난 걸 너무 당연하게 여긴 나머지 하다

못해 이케아 가구 조립 하나라도 내가 나서면 충격과 부끄러움으로 말을 더듬었다. 그건 내가 지나친 겸손으로 그들의 기를 너무 살려 준 탓도 있었다. 그렇다, 나도 이 '우쭈쭈' 문화의 공범이었다.

저 한인 교수 살인 사건이 있고 얼마 후 지인과 전화 통화를 했다. 당시 나는 남자 친구가 내가 그의 일을 도운 것과 달리 나의 사업을 말로만 응원하고 막상 내가 필요해서 부탁하는 일은 석 달이고 넉 달이고 미루는 것에 화가 나 있었다. 지인이 말했다.

"우쭈쭈해 주면서 잘 얘기해 봐."

나는 순간 부아가 치밀어서 퉁명스럽게 쏘아붙였다.

"잘못을 지적하는 데 우쭈쭈가 왜 필요해요. 우쭈쭈 안 해 줄 거야."

"그래도 그러는 게 아니야. 남자는 단순해서 조금만 칭찬해 주면 신나서 일을 한단 말이야. 잘 구슬려서 이용해 먹어야지."

지인은 내가 뭘 모른다는 듯이 말했다. 하지만 나는 몰라서 남자 친구에게 대놓고 화를 내는 게 아니다. 인적성 검사를 하면 무려 사회성 99.99%가 나오는 사람이 나다. '남자 우쭈쭈하기 대회'가 열리면 우승도 자신 있다. 평생 애인들의 기를 살려 주기 위해 나를 낮추고, 뻔히 아는 것도 모르는 척 물어보고, 어쩜 그런 걸 다 할 줄 아느냐고 칭찬을 했다. 심지어 잘못을 지적할 때조차 "사랑해, 그런데……"라고 유화적인 분위기를 먼저 조성한 다음 말을 꺼냈다. 하지만 그들은 나의 화법을 지혜나 배려라고 느끼는 대신 당연하게 받아들였고, 그 보상은 똑같은 방식의 존중과 격려가 아니라 착한 여자 친구라는 칭찬으로 돌아왔다. 그들의 기를 살려 줄수록 나는 작고 열등한 존재가 되어 갔다. 요즘은 남자 기 살려 주라는 소리를 들으면 "동생은 애니까 네가 양보하라"는 말을 들은 다섯 살 조카의 반응이 떠오른다. "나도 애란 말이야!" 그렇다, 남들 기분 좋으라고 겸손 떨고 남들 성공하라고 치어리더 노릇을 하는 동안 내 기는 누가 살려 주느냐 말이다! 그게 나 하나만의 문제로 끝나지 않고 모든 여자들의 삶에 악영향을 끼칠 수도 있다는 걸 이제는 알겠다.

오늘날 점점 더 많은 커플이 '가정 내에서 가장 유능한 사회인인 남편'과 '그 조력자인 아내'라는 전통적 구성에서 벗어나고 있다. 두 남녀가 만나 이성애 가정을 일구었을 때 남편의 사회적 능력이 아내보다 압도적으로 뛰어날 가능성은 과거에 비해 매우 낮다. 언제까지 성공한 여자들이 남편 눈치를 보고, 남자는 불필요한 경쟁심과 열등감에 시달리도록 내버려 둘 것인가. 애초부터 이 문제의 원인은 사랑하는 사람끼리도 불평등한 위계 관계를 맺도록 강요하는 이 사회에 있지 파트너를 위해 기꺼이 자신을 낮추지 않는 여자들에게 있는 게 아니다. 남자라고 해서 항상 여자보다 옳을 수도, 잘날 수도 없다는 사실을 사회가 남자들에게 가르치지 않는다면 그들과 짝을 지어 살아야 하는 여자들이라도 알려 주어야 한다. 그 당연한 사실을 전달하기 위해 어르고 달래면서 진을 빼는 수고까지 감수하라고 여자들에게 강요하지는 마라. 유치원생과 보모 사이가 아니라 성인 파트너 간의 대화에서 필요한 건 우쭈쭈가 아닌 인간적 예의, 존중, 다정, 친절 정도다. 여자는 남자를 위한 자존감 자판기가 아니다.

나는 더 이상 남자 기 살려 주기 따위에 나의 사회성을 허비하고 싶지 않다. 그들의 문제를 지적할 때까지 '싸우자는 거 아니야'라는 뉘앙스를 풍기기 위해 감정 노동을 하고 싶지 않다. 설령 그게 내가 원하는 것을 얻어 내는 가장 빠른 길이라 해도 그렇다. 조그만 일에도 우쭈쭈를 받지 못하면 주눅 들거나 삐치는 탓에 합리적 의사 결정이 불가능한 사람이라면 장차 나의 성공을 축하해 주지도 못할 거다. 나는 누구와 비교하면서 내 성장의 한계를 정하고 싶지 않다. 잠재적인 열등감 괴물을 좀 더 일찍 파악하고 걸러 내기 위해서라도, 사소한 문제가 발생했을 때 정색하고 정확하게 지적하는 태도는 필요하다. 나는 내 남자가 잘못을 지적받을 때 내용보다 지적하는 태도를 문제 삼아 꽁해지는 사람이 아니기를 바란다.

나 자신을 갉아먹는 사랑을
끝내지 못하는 이유

애인과 매일 싸우는 친구에게 물었다.

"그냥 헤어지지 그래?"

"그러고 싶지. 그런데 다시 혼자가 되는 게 무서워."

뭐라 할 말이 없어서 술잔만 채워 주었다. 이런 노래 가사가 있다.

우리는 모두 다 외로운 사람들 어쩌다 어렵게
만나면 헤어지기 싫어 혼자 있기 싫어서 우리는
사랑을 하네 (봄여름가을겨울, 〈외로운 사람들〉)

이만큼 사랑의 속성을 잘 그린 시가 또 있을
까. 우리는 흔히 누군가와 사랑에 빠지기보다 사
랑에 빠지고 싶어서 누군가를 만난다. 한 번 관계
를 맺고 그로 인해 잠시 외로움을 잊었다가 다시
혼자가 되려면 세계가 무너지는 것 같은 진통이
따른다.

사람들은 쉽게 충고한다. 그건 사랑이 아니
야, 그는 좋은 사람이 아니야, 그는 너를 사랑하
지 않아, 너도 그를 사랑하지 않잖아, 그건 나쁜
연애야, 그럴 거면 관둬……. 그런데 자신의 연애
에 뭔가 문제가 있다는 건 당사자가 가장 잘 안
다. 그런 소리를 들을 정도로 망가진 관계를 그만

두지 못하고 질질 끄는 건, 작은 희망의 징조라도 찾아보려 애쓰는 건, 가당치 않은 사람 때문에 우는 건, 그들이 뭘 몰라서가 아니다. 당장 누군가가 생기면 뒤도 안 돌아보고 떠나갈 정도로 상대를 사랑하지 않을 때도 사람들은 이별을 미루고 관계에 매달린다. 과거의 아름다운 추억을 진이 빠지도록 곱씹고, 사랑받는다는 느낌을 갖기 위해 상대의 무성의한 말 한마디를 확대 해석하면서 자신을 속이고, 제3자에게 객관적인 분석을 요구했다가 정직한 말을 들으면 화를 낸다.

우리의 뇌는 행복이나 기쁨 같은 긍정적인 감정보다 부정적일지언정 '익숙한 감정'에 끌린다는 이론이 있다. 우울에서 벗어나고 싶다고 말은 하지만 그 감정이 익숙해서 오히려 우울 안에 주저앉아 안심하는 경우도 생긴다는 거다. 대개는 그러다 알아서 정신을 차린다. 하지만 일부는 이별을 회피하거나 상처를 안 받으려고 몸부림치다가 인지 왜곡에 빠지기도 한다. '그는 악당이지만 나한테는 나름대로 최선을 다했어, 사람들 앞에서 나를 함부로 대하는 건 그의 자그마한 허세일 뿐이야, 그가 나를 부려 먹는 건 요즘 일이 피곤해서야, 그는 바람을 피우거나 추행을 한 게 아니라 꽃뱀한테 당한 거야, 그는 내 돈을 안 갚는 게 아니라 못 갚는 거야, 내가 헤어지자고 하니까 울면서 사과하고 매달렸잖아, 그는 다시는 나를 상처 주지 않을 거야, 그의 말은 다 옳고 뭣도 모르면서 우리 사이를 갈라놓으려는 사람들은 나빠'. 우리 제발 여기까지는 가지 말자. 그러려면 정신을 똑바로 차리고 살아야 한다.

관계에 집착하는 사람들 곁에는 상대가 알아채고 불안해할 정도로 마음이 떠났으면서 결정을 미루는 사람들이 있다. 사랑은 없어도 정은 남아서 미안함을 느끼거나, 욕먹기가 싫거나, 분쟁을 감당할 용기가 없거나, 소유욕은 남았거나, 그동안 들인 노력이 아깝거나, 아니면 그들도 외롭고 혼자가 되기 싫은 거다. 그리하여 분란이 계속되다 보면 오히려 자극과 집착은 커진다. 사랑에 빠졌을 때나 싸울 때나 심장이 두근거리는 건 마찬가지다. 불안, 공포, 분노 역시 사랑 못지않게 삶을 환기시키는 감각이다. 그래서 연인과의 싸움 뒤 화해는 유독 달콤하다. 영화 〈누가 버지니아 울프를 두려워하랴?〉(1966)에는 서로 죽일 듯 싸우는 게 예사인 중년 부부가 나온다. 총질까지 불사해서 손님들을 기함시킨 커플은 언제 그랬냐는 듯 마주 보고 웃으며 말한다. "역시 싸우고 화해하는 순간이 가장 좋지." 그 순간의 행복감으로 관계는 잠시 연장된다. 다음에 똑같은 문제가 발생하기 전까지.

어떤 경우건 나쁜 사랑에 휘말려 인생을 망치는 것도 자신의 선택이다. 당신은 자신을 파괴할 권리가 있다. 당신이 외로움에 겁먹고 가짜 위안을 찾아서 나쁜 관계 위에 주저앉아 뭉개는 동안 세상은 지극히 평온한 얼굴과 느린 속도로 당신에게서 멀어져 가겠지만 당신은 자기가 뭘 잃는지도 몰라서 아프지도 않을 것이다. 그렇게 시간이 흐르고 어느 순간 당신은 깨닫는다. '아, 내가 지금보다 젊고 가능성 많던 시절을 그렇게 낭비하고 말았구나. 진즉에 때려치웠으면 지금쯤은 편해졌을 텐데. 이번 생은 그 인간 때문에 망했다.' 그때 가서 '한때는 그런 게 좋았나 보지'라고 과거를 합리화하고 셀프 위로라도 하려면 자기 인생을 너무 심하게 망쳐 놓지는 말아야 한다. 시쳇말로 '손절'을 잘해야 한다는 소리다.

주식 투자로 항상 돈을 버는 사람은 없다. 세

계 금융의 대가들도 실수를 한다. 하지만 고수들은 손실의 범위를 정해 두고 그 아래로 주가가 떨어지면 뒤도 안 돌아보고 손을 턴다. '투자금이 아까운데' '이러다 회복되겠지' '내 정보가 틀릴 리가 없는데' 하면서 머뭇거리지 않는다. 그러면 조금 손해를 보더라도 남은 돈을 다른 데 투자해 만회할 기회가 온다. 하락장에서 타이밍을 놓치고 눌러앉아 있으면 만회할 기회는 사라진다. 내가 속 많이 쓰려 보고 하는 소리다. 나는 그 손절의 타이밍이란 걸 배우기 위해 지금도 노력 중이다. 주식에 비하면 연애에서 손절 타이밍을 잡는 건 훨씬 쉬운 일이다. 예컨대 내 기준은 이렇다. 어떤 관계에 대해 머리가 아플 정도로 심각하게 고민해야 한다면 그건 경고 사인이다. 사랑은 상대를 고민하거나 불안하게 만들지 않는 것이다. 나아가 관계로 인해 내가 품위를 지킬 수 없는 지경에 놓인다면 당장 손을 털고 판을 떠나야 할 때다. 자신이 초라하게 느껴질 때, 너무 분해서 자꾸만 누군가에게 싸움을 걸고 싶어질 때, 그로 인해 내가 내 일을 제대로 못 할 때, 내가 모르는 흉측한 나의 모습이 자꾸 튀어나올 때, 그럴 때 머뭇거리면 인생의 마지막 자산인 나 자신마저 잃게 되는 거다. 사랑도 나 좋자고 하는 일인데 나를 잃어서야 될 일인가. 당장 아파서 죽을 것 같고 외로워서 미칠 것 같고 팔다리를 떼어 내는 것 같아도 그 안에서 허우적거리다가 나 자신을 몽땅 잃는 것보다는 일부라도 건져서 탈출하는 편이 훗날을 도모하기에 용이하다. 외로움이 호랑이도 아니고 아무리 무서워 봐야 나를 잡아먹기야 하겠나.

／

연애 손절에 능한 친구가 있다.

이별을 할 때 친구는 이런 다짐이자 선언을 한다.

"너, 아웃이야."

그러고 돌아가서 이불을 덮어쓰고

펑펑 울지언정 자신의 감정은 혼자 추스른다.

그게 자신을 책임지는

어른의 자세라고 나는 생각한다.

그러니 우리도 나쁜 연애 상대 때문에 힘들 땐

이런 주문을 외워 보자.

／

너, 아웃이야!

실연의 상처는 얼마나 오래갈까?

나는 발리 근처 작은 섬에 산다. 여기서 한동안 내 취미는 이웃집 남자의 심경 변화를 관찰하는 것이었다. 그가 연애에 실패한 다음부터다. 사람끼리 만나 사랑에 빠지고 헤어지는 일에 성공이니 실패니 하는 말을 쓰긴 싫다. 연애에 목표의식이 개입되는 것 같아서다. 자연스럽지가 않다. 하지만 그의 실연은 달리 설명할 말이 떠오르지 않는다.

그는 남편과 아이가 있는 여자를 사랑했다. 먼저 추파를 던진 건 여자 쪽이다. 그의 친구들은 모두 그 여자가 원하는 건 단지 불장난이라고, 조심하라고 경고했다. 여자와 남편은 함께 비즈니스를 하는 관계고, 남편은 보수적인 문화권의 사람이기 때문에 오쟁이를 질지언정 이혼을 하지는 않을 것이며, 여자가 모든 것을 버리고 무일푼으로 야반도주할 타입도 아니라는 거다. 하지만 한편으로, 그들 부부가 서로를 사랑하지 않는다는 것도 명백했다.

여자는 새 남자가 생겼다는 걸 비밀로 하지 않았다. 그들은 공공연히 데이트를 하고, 함께 파티에 가고, 서로의 친구들과 어울렸다. 클로짓 게이라는 소문이 파다한 남편은 질투하지 않았다. 다만 그런 소문이 남자로서, 사업가로서 자신의 카리스마를 약하게 만든다고 불평했을 뿐이다.

그는 자신이 놓아주지 않는 한 여자가 어디도 갈 수 없다는 걸 잘 알았다. 사랑에 빠진 이웃 남자의 관점에서는 이런 상황에 놓인 자신의 연인이 한없이 안쓰러웠을 것이다.

행복한 연애는 의식도 못 하고 흘려보내지만 불행한 연애에는 쉽게 중독되는 게 인간이다. 이웃 남자는 그 연애에 곧장 중독되었다. 여자에게도 진심은 있었을 것이다. 상황을 반전시킬 뚜렷한 해결책도, '그냥 한 번 믿고 저질러 봐?' 싶을 만큼 확고한 믿음도 주지 못하는 연인에게 화가 났을 수 있다. 남자는 자주 "다 버리고 그녀와 떠나고 싶다"고 말했지만 끊임없이 떠날 수 없는 이유를 찾아냈다. 친구와 함께 시작한 사업 때문에, 부모님이 자기를 믿고 투자한 돈 때문에 기타 등등. 보다 못한 친구가 "그럼 사업은 내가 돌볼 테니 떠나라"고 했지만 결론을 내리지 못했다. 연인들의 문제는 타인이 알 수 없다. 때론 연인들 자신도 잘 모른다. 어쨌거나 그들은 헤어졌다.

이곳은 작은 섬이다. 남자와 여자, 그 여자의 남편은 수시로 마주친다. 거리에서, 바에서, 부두에서. 여자는 사람들 앞에서 남자를 외면하기 시작했다. 그러면서 가끔 한밤에 전화를 걸어 그를 헤집었다. 남자의 친구들은 여자에게 부탁했다.

"그를 놔줘. 태도를 분명히 하라고. 차라리 더 이상 사랑하지 않는다고 말을 하면 어때?"

여자는 거절했다.

"하지만 그건 거짓인걸."

알다시피, 이룰 수 없는 이상에는 희망이 최악의 형벌이다.

일이 그렇게 되어 이웃 남자의 방황은 몇 달 동안 지속되었다. 매일 술을 마시고, 가끔 울고, 그 잘하던 농담도 안 하고, 일도 팽개치고, 자주 화를 내고, 맹인처럼 운전을 하고, 항상 심각하고 기운 없는 모습에다 처연한 눈을 하고 있었다. 한 번은 술에 취해 죽고 싶다고 친구에게 고백한 후 현관문을 활짝 열어 놓고 가출을 해 걱정을 시켰는데, 다행히 팔뚝이나 목을 자르는 대신 오래 기른 머리를 싹둑 자르고 나타났다.

그의 상태가 흥미로운 건 내가 오래 품어 온 학구적 의문 때문이었다. 아무래도 사십 년 넘게 싱글로 살다 보니, 구질구질한 연애와 이별, 방황, 그런 거 나도 해 봤다. 죽도록 술을 마시고, 다음 날이면 속이 쓰려서 위장을 속이기 위해 또 술을 마시고, 다음 날 속이 쓰려 또 마시고……. 한 달쯤 그러고 산 적도 있다. 추잡스럽게 술 마시고 질질 울고, 아무하고나 자고, 길에서 잠들기도 했다. 그 때마다 궁금한 건 '도대체 끝이 어디냐'는 거다. 끝이 예정된 일은 참고 견디기가 쉽다. 하지만 끝을 모르는 고통은 참기가 어렵다. 사랑은 호르몬에 의한 것이고, 그 호르몬의 유효 기간이 3개월에서 3년 사이라는 연구 결과는 본 기억이 있다. 하지만 이별 후 증후군의 일반적 지속 기간은 들은 적이 없다. 과학자들이 '그 고통은 길어 봤자 일 년짜리입니다'라고 말해 주면 큰 도움이 될 것 같았다. 참고로 내 경우엔 짧으면 사흘, 길면 3개월이 걸렸고, 가장 효과가 확실한 처방은 새 연애 아니면 여행이었다.

이웃 남자는 일 때문에 여행을 떠날 수 없는 상황이라 새 연애를 선택한 것 같았다. 그가 데이트 어플로 만난 여자는 똑똑하고 성숙했다. 그는 친구들과의 저녁 식사에 그 여자를 데려왔다. 친구들은 모두 그녀가 그에게 호감을 가질 수 있도록 최선을 다해 배려했다. 분위기는 나쁘지 않았다. 문제의 유부녀와 그 남편이 유모차를 끌고 등장하기 전까지는. 그들은 우리 테이블의 다른 사람들과 가볍게 웃으며 인사를 나누고 멀찍이 떨어진 자리에 가서 앉았다. 우리 테이블에는 침묵이 흘렀다. 이웃 남자는 침착하려 애썼지만 그가 부부를 향해 발산하는 슬픔과 관심의 에너지는 레이저처럼 뚜렷하게 공간을 가로질렀다. 데이트 어플로 만난 똑똑하고 성숙한 여자가 사정을 파악하기에 충분할 정도였다. 반면 부부는 평온해 보였다. 그가 새 여자와 있는데도. 침묵을 깨뜨린 건 누군가의 허탈한 한마디였다.

"운명은 얄궂은 유머 감각을 갖고 있지."

남자는 그 후 한동안 새로운 연애를 시도하지 않았다. 그는 점점 더 깊은 바닥으로 굴러떨어지는 것 같았다. 하지만 실연 후 3개월이 지나자 생활은 서서히 나아졌다. 음주 주기가 20시간에서 40시간 정도로 늘었다. 가슴에 구멍이 뻥 뚫려

서 바람이 휙휙 지나다니는 게 보이지만 그래도
가끔은 제정신으로 일을 했다.

/

나는 이별에 대해 내가 아는 것들을
그에게 말해 주고 싶었다.
상처는 피하는 것이 아니라 극복하는 것이고,
그것을 극복한 경험은 너를 더 단단한 사람으로
만들어 주고, 유치한 밀고 당기기나
두려움 없는 진정 '좋은 연애'를 가능하게 해
줄 것이며, 무모한 열정과 중독, 소유욕 등
사랑과 흔히 혼동되는 것들에 내성을
길러 줄 테고, 두고두고 네 삶의 힘이 될 거라고.

/

그러니까 상처에 지지 말라고.

하지만 그런 건 누가 말해 줘서 될 일은 아니기 때문에 그저 지켜봤을 뿐이다.

어느 날 그가 술에 취해서 내게 물었다.

"너희 커플이 부러워. 나도 사랑하는 사람에게 사랑받고 싶어. 내게도 그런 사람이 나타날까?"

나는 나의 진심이 그에게 닿기를 바라며 말했다.

"내가 나쁜 연애에서 벗어나지 못했다면 좋은 연애를 시작할 수도 없었겠지. 나쁜 인연을 빨리 끊어 낼수록 좋은 인연이 빨리 다가오는 거야."

그는 그 후로도 몇 달을 더 방황했다. 귀여운 여자가 나타날 때마다 성급하게 대시를 했다가 차이기도 했다. 하지만 1년이 못 가 새로운 연애를 시작했다. 그의 새 애인은 술을 싫어한다. 그가 처음 술자리에서 애인을 따라 일어설 때 친구들은 놀랐다. 하지만 곧 모두가 익숙해졌다. 그는 더 이상 울지 않는다. 그와 그의 애인은 서로에게 다정하다. 함께 있을 때면 항상 한 사람이 다른 사람의 무릎에 뺨을 기대고 있다. 이웃과 친구들은 그의 길고 깊은 방황을 기억한다. 그도 기억할 것이다. 하지만 아무도 그것에 대해 이야기하지 않는다. 그의 상처가 다 아물었는지 묻는 사람도 없다. 사랑은 그렇게 과거가 된다.

사랑하긴 하지만 좋아하진 않아

영화 〈레이디 버드〉(2018)에 이런 대사가 나온다.

"엄마, 엄마가 나를 사랑하는 건 알아. 그런데 좋아하긴 해?"

나는 영화가 끝나고도 이 말을 오래 곱씹었다. 그 전까지 나는 '좋아한다'는 걸 '사랑'의 하위 개념처럼 여겼다. 사랑하는 사람을 좋아할 수 없을 때는 '덜 사랑하는 것'이라 생각했다. 하지만 곱씹어 보니 그게 아니었다.

레이디 버드(시얼샤 로넌)와 엄마(로리 멧칼프)는 영화 내내 지독하게 싸운다. 레이디 버드는 자의식의 화신 같은 10대 소녀로, 부모가 준 이름 대신 자기가 지은 별명 '레이디 버드'라 불리길 원하고, 볼 것 없는 시골 세크라멘토를 벗어나 뉴욕의 대학에 가고 싶어 하고, 돈 많고 세련된 친구들과 어울리고 싶어 안달한다. 당장 먹고 살기 급급한 어머니는 이 욕심 많은 딸이 버겁다. 여느 여유 없는 가족이 그렇듯 그들은 서로 설득하고 타협하는 대신 빠른 결론을 내기 위해 자신의 주장을 강요하고 소리를 질러 댄다. 심지어 차를 타고 가다가 둘이 싸우는 바람에 레이디 버드가 조수석 문을 열고 뛰어내려서 팔이 부러지기도 한다. 그래서 둘이 서로를 사랑하지 않느냐면, 그건 아니다. 어머니는 레이디 버드가 잘되길 바라고,

딸의 꿈을 충분히 지원해 줄 수 없는 자기 형편이 아쉽다. 가난한 형편에 물가 비싼 도시로 유학을 가려는 딸의 철딱서니가 못마땅하면서도 그런 딸의 파티 드레스를 만들기 위해 재봉틀 앞에 앉는 어머니다. 이 영화는 사랑, 우정, 진로 등 여러 앵글로 여성 청소년의 성장기를 그려 내지만 자기 문제에만 몰두하던 레이디 버드가 어머니의 사랑을 깨닫고 화해하는 건 그중에서도 가장 극적인 대목이다. 어머니의 진심을 다한 편지를 읽고 레이디 버드의 얼굴에 떠오르는 표정은 둥지를 떠나 본 딸들이라면 모두 이해할 어떤 감정을 담고 있다. 미안함, 애틋함, 연민, 그리움이 뒤섞인, 사랑의 매우 순정한 형태다. 그렇게 서로 사랑하지만 스스로 필요에 의해 선택해서 곁에 두는 인간들처럼 좋아하거나 잘 맞을 수는 없다는 점, 그것이 가족 관계의 한계고, 우리가 가족에게 갖는 영원한 죄책감의 원인 중 하나일 게다.

좋아함과 사랑함의 불일치는 후천적 관계에서도 발생한다.

"너를 친구로는 좋아하지만 이성으로 사랑하지는 않아."

누구나 한 번쯤 이런 말에 울어 봤을 거다. 그 반대로는 로맨틱 코미디에 걸핏하면 등장하는 '저 싸가지 없는 새끼를 내가 사랑하게 되다니!' 하는 상황이 있다. 사실 많은 연애가 이런 식이다. 좋아하지 않아도 사랑은 할 수 있다. 사랑하는 게 꼭 좋아한다는 뜻은 아니라는 말이다.

나는 내 연인들을 사랑하면서도 그들이 못마땅할 때가 많았다. 그들 개인의 문제만은 아니었다. 내가 그들을 좋아하지 못한 것은 주로 그들의 남성성 때문이었다. 나는 그들을 사랑하면서도 그들이 나를 가르치려 들 때, 나의 일과 지식과 노력들을 무시할 때, 내가 제 가족에게 헌신할 여자인지 재는 게 보일 때, 자기들이 화를 내면 정당한 분노라 하고 내가 화를 내면 질투니 짜증이니 예민하다느니 감정적이라느니 할 때, 그들이 못 견디게 싫었다. 그것은 이성애자 여성으로서 내가 가진 모순이기도 했다.

내 어머니는 아들을 못 낳은 탓에 고생이 많았다. 내가 초등학교 학생 회장이 됐을 때 아버지는 "나한테 아들만 하나 있었어도 계집애들은 반장도 못 하는 법을 만들었을 텐데"라며 자랑인지 한탄인지 모를 소리를 했다. 내게 남자란 극복해야 할 경쟁 상대였다. 사방에서 울리는 고추 타령 덕에 나는 여성이라는 나의 성별이 수치스러울 지경이었다. 때문에 학창 시절에는 여자처럼 보이지 않기 위해 과도한 노력을 기울였다. 어울리지도 않는 더벅머리에 펑퍼짐한 옷만 입었고, 치마, 화장, 눈썹 손질하기, 분홍색을 거부했고, 약한 감정을 드러내거나 같은 여자를 질투하고 공격하는 등 '역시 여자들이란' 소리를 들을 일은 피했고, 친구들의 보호자가 되고 싶어 했다. 결과는 좋기도 하고 나쁘기도 했지만 내가 정형화된 남성성을 흉내 내는 뒤틀린 여자애였다는 건 변치 않는다. 그렇게 자라다 보니 스스로의 여성적 매력에 자신이 없어서 만만한 남자만 골라 사귀고, 못난 남자들을 사귀니 남자가 더 싫어지는 치명적 부작용도 있었다. 연인들은 내가 사랑하는 개별자이자, 경쟁 상대인 남성 일반의 속성을 가장 가까이서 대변하는 존재기도 했다. 나는 그 속성과 그것을 형성시킨 맥락에 예민하게 반응했고, 그때마다 뚜렷이 대상을 알 수 없는 혐오감에 지배당했다. 나는 남자를 사랑했지만 결코 좋아할 수는 없었다.

사랑을 시작했다는 건 외모든 뭐든 한구석은 끌리는 데가 있었다는 뜻이지만 그게 한 인간의 전부를 좋아하게 만들어 주진 않는다. 연인의 순진함, 무식함, 부도덕, 잔인함, 눈치 없음, 배려 없음, 무책임함, 못된 말본새, 너저분한 행색 등에 절망해서 '언젠가 저 자식이 나를 떠난다면 말없이 고이 보내 줘야지'라고 다짐하거나 친구들 앞에 내놓기 부끄러워하면서도 돌아서면 그들을 위해 선물을 고르고 태연히 다음 데이트 약속을 잡는 식의 우울한 연애를 몇 번이고 했다. "사랑은 '그렇기 때문에' 하는 것이 아니라 '그럼에도 불구하고' 하는 것"이라는 옛 드라마 대사를 곱씹으면서, 세상에 산 좋고 물 좋은 곳 없다는 체념에 휩싸여, '지금 내 곁에 있는 사람이 가장 좋은 상대'라는 현실론을 주억거리며, 상대의 불완전함을 받아들이려 애썼다. 내 연인들도 마찬가지였을 거다. 누군가에겐 내 외모가, 누군가에겐 말투가, 혹은 식성이나 성격이나 취향이 거슬렸을 거다. 사랑이 그 거슬림을 더 이상 막아 주지 못할 때 우리는 이별을 택한다. 그렇게 상처가 또 하나 는다. 그래서 때로는 상대가 좋아할 수 있는 사람으로 존재해 주는 것이, 사람이 사람에게 줄 수 있는 가장 큰 사랑이라는 생각도 든다. 그런데 여자와 남자가 서로를 좋아하는 게 가능하긴 할까?

나는 지금 남자 친구를 사랑하고 인간적으로 좋아한다. 그건 물론 그가 좋은 사람이기 때문이다. 하지만 이런 생각도 든다. 어쩌면 우리가 서로 다른 문화에서 자랐고 말이 완벽하게 통하지 않기 때문에 그에게서 그 나라 남성 일반의 속성을 포착하는 게 어렵고, 그 덕에 내가 덜 예민한 게 아닐까. 그는 영국계 어머니와 프랑스계 아버지 사이에서 태어났고 유럽에서 성장기를 보

나는 나를 사랑한다 3부 남과 어

낸 후 동남아에서 10여 년을 살았다.

"그럴 수 있지. 나도 유럽인들과 있으면 그들의 언어, 행동, 캐릭터 하나하나에 담긴 심리와 맥락이 너무 선명히 보여서 지루하거나 짜증날 때가 있으니까. 반면 우리의 언어와 제스처가 달라서 나는 너를 잘 이해 못 하고, 그래서 더 궁금해하지. 그게 우리 관계에 도움이 된다고 생각해."

사랑하는 사람을 좋아할 수 있다는 건

사랑하는 사람에게 사랑받는 것보다

더 큰 행운인지 모른다.

나는 그 행운을 내가 사랑하는

사람들에게 주고 싶다.

섹스의 아홉 번째 의미

영화 〈다운사이징〉(2017)에서 홍 차우가 연기한 베트남 인권 운동가 출신 청소부는 미국 남자 폴(맷 데이먼)이 자신과 섹스 후 아무 상의도 없이 문명 세계를 떠나려 하자 따져 묻는다. "그럼 그 섹스는 뭐였어? 뭐였냐고? 미국 사람들에게는 여덟 가지 '픽Fuck'이 있잖아?" 그러면서 늘어놓는 섹스의 여덟 가지 의미는 다음과 같다. 사랑, 미움, 성욕, 이별, 화해, 숨김, 우정 그리고 동정.

아마 여자들은 여기 한 가지를 추가할 수 있을 거다. '체념'. 정말 기분이 더러운 말이지만 달리 표현할 길이 없다.

"나 사실 R이랑 잤어. 그런데 몹시 불쾌했어."

T의 말에 순간 정적이 흘렀다. R은 귀엽고 매력적인 30대 초반 독신 남성이다. 그러니 그가 매력적인 싱글 여성들과 두루 섹스를 해 보는 건 놀랄 일도, 탓할 일도 아니다. 그는 평소 다정하고 익살스러운 사람이지만 섹스의 여지가 있는 상대에게는 꽤 노골적으로 육욕을 드러낸다. 그가 관광객을 집에 데려와 새롱거리다가 장난을 빙자해 몸을 더듬는 모습을 나도 본 적이 있다. 그렇더라도 상대가 불쾌할 정도로 거칠게, 강요하듯 섹스를 밀어붙이는 타입일 거란 예상은 못 했다.

T에게 "왜 더 적극적으로 거절하지 않았어?"

라는 말은 하지 않았다. 해서는 안 된다. 상황을 객관화할 시간도, 타자의 개입도 없이 남녀 둘이 있을 때 벌어진 일이다. 그건 이성과 합리의 영역 밖이다. '네가 섹스를 해 주지 않으면 나는 너에게 실망할 거고, 무척 화를 낼 것이며, 우리는 더 이상 친구로 지낼 수도 없고, 나를 이렇게까지 흥분시켜 놓고 거절하면 네가 무책임한 것이니 비난당해도 싸다'는 뉘앙스가 담긴 남자들의 몸짓 언어, 그 순간 여자들이 느끼는 망설임, 자책감, 연민, 피로, 혼돈, 자기 불신 그리고 두려움을, 물론 나도 안다. 여자니까. 아무리 똑똑한 사람이라도 복합적인 감정에 사로잡히면 판단력이 흐려진다. 타인의 감정을 보살피고 배려하도록 훈련받으며 자란 여자들은 특히 이런 상황에서 즉각 대처가 쉽지 않다. 그러고는 시간이 지나서야, 그가 자신을 존중했다면 섹스의 형태가 달랐으리라는 데 생각이 미친다. 그가 민망해하지 않도록 부드럽게 'No'라고 말했을 때 행위를 중단하고 설득을 하든 다음 기회를 노리든 했을 거라고. 섹스 후 돌변하는 남자의 태도가 판단의 재료가 되기도 한다. 여자들의 이런 시간차 현실 인식은 자연스러운 일이다. 어쩌면 일부 남자들도 이해할 것이다. 같이 T의 이야기를 듣던 내 남자 친구처럼. 그는 애써 화를 눌러 담은 목소리로 말했다.

"이해해. 때론 'Yes'라고 말하는 게 싸움을 끝내는 가장 빠른 방법이니까."

T와 헤어지고 나서 남자 친구와 나는 R을 만나러 갔다. 미리 예정된 만남이었다. 그 자리에서 나는 '체념 섹스'가 여자들의 평판에 미치는 영향을 보았다. 우리가 T를 만났다고 하자 R의 친구들이 낄낄대며 R을 쳐다보았다.

"오오 '너의 T'를 만났대."

세상에, 이 남자들은 모두 R의 섹스 정보를 공유하고 있는 거다. 이 남자들은 모두 멀쩡하게 가정도 있고, 대체로 합리적인 판단을 하는 똑똑하고 친절한 남자들이다. 키득대며 T의 안부를 묻는 그들에게 남자 친구가 냉랭하게 대꾸했다.

"얘기하고 싶지 않아."

그날 밤 남자 친구는 여전히 충격이 가시지 않은 표정으로 말했다.

"R을 아는 사람들은 모두 그를 '스윗 가이Sweet guy'라고 평가하잖아. 걔가 여자에게 섹스를 강요한다는 걸 상상할 수 없어."

"여자를 대할 때와 남자를 대할 때 태도가 전혀 다른 남자들이 있어. 남자들끼리는 알 수 없지. 더구나 잠재적 섹스 상대를 대하는 태도는. 성범죄 사건이 터지면 가해자 주변인들이 항상 그러잖아. '그 사람이 그럴 사람이 아니다'."

우리는 여전히 R과 잘 지내려 노력한다. T 역시 별일 없었다는 듯 그와 인사를 나눈다. 하지만 그들 사이에는 미세 먼지처럼 매캐한 불신의 기운이 흐른다. '스윗 가이' R의 이야기는 내게 한 가지 교훈을 안겨 주었다.

'할까 말까' 할 때는 역시 안 하는 게 좋다.

사랑할 때 드는 돈에 관하여

　지금의 남자 친구를 만난 지 얼마 안 됐을 때, 그가 웃긴 걸 발견했다며 해외 인터넷 커뮤니티 링크를 보내 주었다. 우리는 국적도 성별도 다르지만 둘 다 스테레오 타입과 전체주의, 마타도어, 브레인 워싱을 경멸한다는 공통점을 막 확인한 참이었다. 그 끝에 남자 친구가 '이 한심한 인간을 보라'며 보여 준 글의 제목은 이랬다. '한국 여자는 돈이 많이 든다'.

작성자는 자신의 국적을 밝히지 않고 유창한 영어로 '된장녀'를 고발했다. '한국 여자를 만나려면 명품 백을 사 줘야 한다. 그들은 스타벅스 커피만 마신다. 데이트 비용은 남자가 다 내야 한다……' 그 밑에 각국 남자들의 댓글이 달렸다. '진짜? 한국 여자 못쓰겠네' '내가 만난 한국 여자도 그랬어' '내가 만난 한국 여자는 안 그랬는데?' '딴 나라 여자도 똑같다' '그런 걸 성급한 일반화라고 하지' '멍청한 소리 하지 마' 기타 등등.

물론 우리 모두 자기 경험이나 시아에 국한해 대상의 이미지를 만들고, 일반화를 한다. 한국인은 어떻고, 일본인은 어떻고, 미국인은 어떻다고 말을 한다. 남자는 어떻고 여자는 어떻다, O형은 어떻고 A형은 어떻다, 경상도 사람은 어떻고 전라도 사람은 어떻다, IT맨은 체크 남방을 입고, 금융맨은 양복을 입고, 예술가는 말이 번드르르

하다 기타 등등. 분류, 단순화, 이름 붙이기는 세계의 구조를 인식하고 기억하는 데 요긴하다. 하지만 인간을 분류하고, 캐리커처화하고, 라벨링할 때는 주의해야 한다. 특히 인류학 논문을 쓰는 게 아니라 사람을 만날 때는 말이다. 인간의 성격에는 국적, 인종, 성별, 직업에 따른 차이보다 개인차가 더 크다는 점을 이해하지 못하면 누굴 만나도 진정한 소통은 불가능하다. 대상의 카테고리를 크게 나눠 보편화할수록 실체에서는 멀어지기 마련이다. 인간을 남자와 여자라는 거대한 기준으로 분류해 놓고 '스타벅스' '샤넬 백'처럼 말하기 좋게 딱 떨어지는 고유 명사를 갖다 붙이면 편협한 인간들을 세뇌시키기엔 좋지만 개별 대상을 이해하는 데는 전혀 쓸모없는 정보가 돼 버린다. 물론 '나는 다양한 사람을 경험하지 못했고 사고가 편협해서 스테레오 타입으로 인간을 분류하며 대인 관계에 문제가 있습니다'라는 자백을 완벽한 예문과 함께 인터넷에 전시해서 비웃음을 사는 건 본인의 자유다. 우리가 누군가에 대한 편견을 드러낼 때, 상대방이 얻는 것은 그 '누군가'가 아니라 발화자가 어떤 사람인가 하는 정보다. 그렇다 하더라도 평생 남자한테 명품 백 한 번 못 받아 보고 된장녀라 모함받는 한국 여자 입장에서 불쾌한 기분은 사라지지 않는다.

나는 그놈의 '된장녀' 신화를 곧이곧대로 믿는 유럽 남자를 현실에서 만난 적도 있다.

"여자는 남자를 착취하는 존재야. 그 근거로 한국에서는 데이트를 하면 여자한테 명품 백을 사 줘야 되고……."

누가 물었다.

"너 한국 여자 만나 본 적 있어?"

"아니."

당연히 아니겠지. 그런 생각을 가진 남자와 누가 데이트를 하나. 어쨌든 한국 남자들이 전 세계 인셀들에게 큰 영향을 미치고 있다는 건 알겠다. 나는 남자 친구에게 말했다.

"전부 사실이야. 조만간 너에게 명품 백과 스타벅스 회원 카드와 데이트 비용을 청구할 테니 각오해."

그 말이 농담으로 들릴 거란 확신이 있었던 이유는 당시 남자 친구가 땡전 한 푼 없어서 내가 밥값이며 월세를 보조해 주었을 뿐 아니라 사업 자금도 빌려주었기 때문이다. 사업 자금은 만약 잘못돼도 내 안목을 시험해 본 비용이라 생각할 수준이었고, 2개 국어로 차용증을 쓰고 담보도 걸게 했다. 결국엔 지난 몇 년 동안 내가 한 재테크 중에 가장 잘한 게 됐지만 당시엔 불안한 마음이 없지 않았다. 남자 친구는 사업이 자리를 잡

자마자 내게 결혼을 하자고 했는데, 대체 왜 결혼 따위를 하고 싶냐, 동거와 결혼이 다를 게 뭐냐는 질문에 그는 이렇게 말했다.

"내가 열심히 일해서 번 돈을 부모나 형제들한테 물려줘야 할까 봐."

나는 조금 충격을 받았다. 그건 내 평생 들어본 가장 참신한 결혼 사유였다. 결혼을 연애의 연장선 정도로 보는 프랑스인과 달리 한국인인 내게 그것은 미룰 수 있을 때까지 미루고 싶은 숙제 같은 것이라 뾰족한 답을 내지는 못했다. 하지만 '내 돈을 너와 함께 쓰고 싶다'는 마음에는 깊이 감동했다. 그게 사랑이 아니면 대체 뭐가 사랑이란 말인가! 나의 피, 땀, 눈물로 일군 무언가를 나누고 싶다는 건 "내 아를 낳아도"라든가 "너와 매일 아침을 맞고 싶어"보다 훨씬 신실하게 들린다. 하지만 감동은 감동일 뿐. 실상은 아직 내가 그보다 돈이 많다는 거다. 그가 내게 명품 백을 사 줄 일도 없을 것이다.

물론 세상에는 파트너의 돈을 떳떳하게 쓰는 여자들이 있다. 소셜미디어에는 '오빠'나 '남편'이 사 준 물건을 자랑하는 여자들이 넘쳐난다. 내 주변에서도 더러 본다. 차도 받고 가방도 받고 보석도 받는다. 반면 여자에게 차와 가방과 시계를 받는 남자들도 있다. 내 사람 기죽지 말라고 좋은 것 먹여 주고 입혀 주고 들려 주고 싶은 마음에 성별이 어디 있나. 차이라면 남자들은 여자에게 비싼 선물을 받아도 소셜미디어에 전시하지 않는다는 점이다. 나는 여성 잡지에서 오래 일했기 때문에 내 인맥 중에는 성공한 여자가 많고 남자는 거의 없다. 그래서 나는 남자 돈 받아 쓰는 여자보다 여자 돈 받아 쓰는 남자를 훨씬 자주 본다. 내 친구들 중에는 자유롭고 독립된 존재로서 타인과 대등한 관계를 맺으려면 적어도 자기가 쓸 돈은 자기가 벌어야 한다는 사고방식을 가진, 의무는 몽땅 뒤집어쓰되 혜택은 누릴 줄 모르는 20세기형 억척 커리어우먼도 많다. 그녀들의 화려한 스타일만 보고 남자들은 지레 짐작한다.

"저런 여자를 만나려면 돈이 많이 들 거야."

정작 그 여자들이 가난한 예술가 타입과 데이트를 하면서 밑 빠진 독에 월급을 쏟아붓고 있는데도 말이다. 오히려 누군가 소문으로만 듣던 명품 백 사 주는 남자를 만났다면 더 놀릴 지경이다.

내가 겪은 인간이 세상의 전부는 아니듯, 당신들이 겪은 인간도 세상의 전부는 아니다. 세상에는 이런 사람도 있고, 저런 관계도 있다.

모두가 자기 수준에 맞는 사람을 만나기 마련이다.
통장 잔고가 아니라
생각의 수준이 같은 사람 말이다.

같이 아르바이트하면서 한 푼 두 푼 모아서
서로 생필품을 사 주는 연애도 있고, 한강에서 자
전거 타는 연애도 있고, 펜트하우스에서 야경 보
며 샴페인 마시는 연애도 있다. 사랑하는 사람에
게 돈을 쓰는 사람이 있고, 쓰고 싶지만 돈이 없
는 사람도 있으며, 돈이 있지만 쓰기 싫은 사람
도 있고, 돈 쓸 생각만 해도 잠재적 연애 상대들
을 향한 분노가 끓어오르는 사람도 있다. 당연히
남자가 돈을 써야 한다는 사람도, 더 가진 사람
이 써야 한다는 사람도, 반반씩 내야 한다는 사람

도 있다. 어울리는 조합을 찾으면 된다. 괜히 돈도 없고 쓰기도 싫은데 샤넬 백 받길 원하는 여자 좋아해서 상처받지 말고. 중요한 건 함께 시간을 보내려면 어쨌거나 함께 돈을 써야 한다는 사실이다.

나는 사람들이 이렇게 말하던 20세기에의 향수가 있다.

"어허, 세상엔 돈 보다 중요한 게 많아. 사랑은 돈 주고도 못 산다."

나는 그 말이 진실을 떠나 현실이기를 바란다. 하지만 당신이 여자 친구, 혹은 남자 친구를 붙들고 이런 소리를 늘어놓으려고 해도 커피값 정도는 든다. 그게 누구 돈이건, 돈은 나간다. 그 돈 자체가 아까울 수도 있다. 함께 아끼면 된다. 그런데 단지 돈이 아까운 게 아니라 '너한테' 쓰는 돈이 아깝다 느껴질 때, 혹은 상대가 '나한테' 쓰는 돈을 아까워하는 게 느껴질 때, 고달픈 현실의 한 줄기 낙이던 로맨스는 악취를 풍기며 부패하기 시작한다.

우리는 돈으로 많은 걸 할 수 있다. 물건을 사고 시간을 사고 경험을 사고 사람도 살 수 있다. 그리고 사랑이라는 추상적인 것의 가치를 재는 데도 활용할 수 있다. '이게 정말 사랑일까? 나는 그를 사랑하나? 그는 나를 사랑하나? 우리 결혼해도 될까?' 의문이 들 때 질문을 이렇게 바꿔보는 거다. '나는 내가 번 돈을 그와 함께 쓰고 싶은가? 그는 자기가 번 돈을 나와 함께 쓰고 싶어 할까? 생활비는 어떻게 분담할 것이며 만약의 경우 재산 분할은 어떻게 할 것인가? 이 관계에서 가사와 육아는 정당한 노동으로서 평가받고 보상될 것인가?' 그럼 답이 쉽게 나온다. 스토커 기질이 있는 애인과 헤어지는 가장 안전한 방법이

"나도 너 사랑하니까 돈 좀 빌려 줘"라고 조르는 거라는 말도 있다.

돈과 사랑이 무관하리라는 기대는 순진하고
돈 때문에 사랑을 못한다는 엄살도 유치하다.
조금 더 영리하고 조금 더 솔직해질 필요가 있다.

하이힐 대 운동화

　　오래전에 소개팅을 했다. 남자는 나와 동갑
이었다. 나는 무릎까지 오는 얌전한 원피스를 입
고 굽 7센티미터짜리 앵클부츠를 신었다. 평소엔
갑갑한 게 싫어서 와이드 팬츠 아니면 풀스커트
만 입는데 퇴근 후 금방 달려온 것처럼 보이기도
싫고 마트에 잠깐 나온 사람처럼 보이기도 싫었
다. 얌전한 원피스라곤 그거 한 벌뿐인데 십오 년
도 더 된 것이라 옷감이 삭아서 소매에 구멍이 나

있었다. 다른 적당한 옷을 찾을 수 없어서 카디건을 덧입었다. 상체에 비해 다리가 굵은 편이라 무릎길이 치마를 입으려면 구두를 신어야 한다. 그래서 내가 가진 신발 중 가장 굽이 높은 것을 꺼냈다. 평소엔 메이크업을 안 하는데 너무 '쌩얼'로 보일까 봐 보정력이 있는 메이크업 베이스와 립스틱도 발랐다. 눈썹도 손질하고 머리를 감고 드라이도 했다. 가끔 스타일을 바꿔 보는 건 좋아하기 때문에 이 과정이 귀찮지는 않았다. 하지만 바로 그날 그 수고를 한 건, '남자에게 잘 보일 준비가 된 여자'처럼 보이는 게 소개팅에 임하는 예의라고 생각했기 때문이다. '애프터는 꼭 받는다'는 게 나의 소개팅 목표이기도 해서 할 수 있는 가장 무난하면서도 '30대 남성이 연애하고 싶은 스타일'을 시도한 거다.

약속 장소는 그의 집 근처 어둑한 레스토랑

나는 나를 사랑한다 3부 남과 여

이었다. 남자는 먼저 나와서 기다리고 있었다. 내가 자리에 앉자 그가 면접관처럼 나를 뚫어져라 쳐다보았다. 내가 꽤 신경 쓰고 나온 게 티가 났던지 그가 이렇게 말했다.

"이럴 줄 알았으면 염색을 하고 올 걸 그랬네요."

나는 그제야 그의 외모를 유심히 살폈다. 그전까지 인식도 못하고 있었는데 그는 운동화와 패딩 점퍼 차림이었다. 조명이 어두워서 잘 안 보이지만 흰머리도 수북한 것 같았다.

"괜찮아요. 저도 염색 안 하면 흰머리 많아요. 우리가 그럴 나이잖아요."

나는 대수롭지 않게 말했다. 진짜로 크게 신경 쓰지 않았다. 외모를 꾸미지 않아도 된다는 건 이 사회가 남자들에게 준 권리고, 내게 그 권리가 없다고 해서 너희의 권리도 내놓으라고 강요할 수는 없다. 사실 '소개팅에 적합한 차림새'라는 건 나도 남들이 말하니까 그런가 보다 할 뿐, 나의 눈은 T.P.O.에 민감하지 않다. 하지만 우리의 차이를 인식조차 안 할 수는 없었다.

나는 그의 외모가 눈에 들어오지도 않았지만 그는 내가 인사를 마치기도 전에 나의 외모를 훑어보고 평가를 마쳤다. 남녀가 이성에게 받는 시선은 이렇게 다르다. 나는 그때까지 흰머리를 내놓고 출근을 하거나 친구를 만날 생각은 못 해 봤다. 아예 백발이면 스타일이라고 우겨 볼 텐데 불규칙한 흰머리는 지저분해 보이기 때문이다. 한 달에 한 번씩 뿌리 염색을 하는 건 어지간히 귀찮은 일이다. 돈과 시간도 많이 들고 머릿결도 상한다. 나는 그 모든 게 아까워 헤나로 직접 염색을 하는데 머리에 소똥 같은 반죽을 바르고, 기다리고, 씻어 내고, 드라이를 하노라면 인간이

터럭 관리에 이렇게 많은 시간을 쓰는 게 과연 정상인가, 이게 사는 건가 하는 회의감이 밀려온다. 나는 곧 튀겨질 닭처럼 온몸의 털도 다 없앴다. 레이저 전신 제모에 수백만 원이 들었다. 하지만 그는 여자한테 젊어 보일 의도가 아니면 염색을 할 필요도 없는 삶을 살고 있었다. 우리는 같은 나이인데. 그가 겨드랑이나 브라질리언 제모에 돈을 들였을 것 같지도 않다.

그날 레스토랑을 나온 우리는 내 집 근처로 옮겨서 술을 마셨고, 한 시간 정도 걸으며 대화를 나누었다. 거리는 빙판이었다. 내 구두는 자꾸 미끄러졌다. 나는 뒤뚱거리며 걸었다. 그와 나는 몇 번 문자를 주고받았지만 인연이 되지는 못했다.

나는 이제 나이도 있고 프리랜서라서 꾸밈의 압박을 덜 받는다. 하지만 세상에는 아직 스커트 아래 살색(물론 지금은 살구색 또는 연주황색이라는 표현이 옳다) 스타킹을 챙겨 신어야 하는 여자들이 있다. 어차피 살이 살색인데 왜 살색 스타킹이 필요한지 나는 잘 모르겠다. 투블럭이나 버즈컷을 안 어울려서 안 하는 게 아니라 당장 탕비실 생수통에 독약을 풀 불만분자처럼 보일까 봐 못 하는 여자들도 있다. 직장에서만 그러면 이해를 하겠다. 한여름에 와이셔츠 입고 넥타이 매고 구두 신고 영업 뛰는 남자들도 있으니까. 하지만 데이트를 할 때도 남녀가 다른 강도의 꾸밈 노동을 강요받는 건 안타까운 일이다. 거리에 나가 보면 공들여 기른 긴 머리에 색조까지 들어간 풀메이크업, 컬러 렌즈를 끼고 짧은 치마를 입은 여자들이 반바지에 티셔츠를 입고 야구 모자를 쓴 남자들과 팔짱을 낀 채 돌아다닌다. 남자들은 곱슬머리에 안경을 끼고 배를 내밀고 다니면서도 연애를 꿈꾸는데 여자들은 안경조차 끼지 않고 365일 다이

나는 나를 사랑한다 3부 남과 여

어트 얘기를 하고 자꾸만 더 예뻐져야 한다는 강박에 시달린다.

　나도 20대엔 "여자애가 왜 꾸미질 않냐"는 잔소리를 종종 들었지만 요즘 20대 여성이 기대받는 꾸밈의 강도는 그보다 높을 것이다. 내가 20대 때만 해도 패션은 선택이었다. 하지만 많은 사람의 선택이 모여 문화가 되고, 그러자 꾸미지 않는 사람이 오히려 도드라지는 역전이 벌어졌다. 나만 해도 2018년 지하철에서 20대 초반 여성이 1990년대 지오다노 스타일의 헐렁한 면바지와 티셔츠를 입고 앉아 있는 걸 보고 심한 위화감을 느꼈다. 그는 메이크업도 하지 않은 데다 미용실 갈 때를 놓친 것 같은 애매한 짧은 머리를 하고 있었다. 단지 여성스러운 스타일을 거부하는 게 아니라 일체의 꾸밈에 관심이 없는 것 같았다. 단지 옷을 못 입는 게 아니라 자기만의 세계에 갇힌 사람처럼 보이기도 했다. 나의 시선은 분명 정치적으로 올바르지 않지만 그만큼 일반적인 한국 여성들에게 꾸밈은 당연한 것이어서 정상성과 동의어로 취급된다.

인터넷에선 탈코르셋 선언을 하는 여자들이 종종 보이지만 아직 거리에서 그들을 목격하기는 쉽지 않다. 언제쯤이면 여자들이 거울 앞에서 보내는 시간이 남자들과 비슷해질 수 있을까. 언제쯤이면 여자가 소개팅에 흰머리, 운동화, 패딩 점퍼로 나가도 주선자에게 책망을 안 들을 수 있을까. 아마 여자가 남자만큼 꾸밈 노동에서 자유로워지는 것보다 흰머리, 운동화, 패딩 점퍼가 '트렌디하고 섹시하고 여성스러운 스타일'이라고 전 국민을 세뇌시키는 편이 훨씬 빠를 거다.

10~20대 여성들의 데이트 룩과 꾸밈 노동에 대해 한 가지 더 말해 두고 싶은 게 있다. '그래도

나는 패션이 좋고, 탈코르셋은 너무 과격해 보이고, 남자들에게 호감을 주고 싶다'라는 여자들 말이다. 그럴 수 있다. 그런데 꾸밈과 관련하여 자주 빠지는 패착이 있음을 기억하길 바란다. 바로 꾸밀수록 예뻐질 거라는 착각, 남자들이 좋아하는 스타일이 정해져 있다는 오해다. 예컨대 이런 식이다.

나의 가슴 사이즈는 80C다. 여러 모로 불편하다. 척추는 구부정하고 허리도 자주 아프다. 케이크 위의 바비 인형처럼 차려입는 건 싫지만 목이 깊이 안 파인 옷을 입으면 숨이 막히고 허리를 조이지 않으면 둔해 보인다. 그렇다고 딱 붙는 옷을 입으면 길거리의 아저씨들이 발사 직전의 미사일인 양 내 가슴을 주목한다. 공격하지 않으니까 갈 길 가시라고 말해 주고 싶다. 종잇장처럼 납작한 몸을 가진 여자 선배가 내 가슴을 보고

'징그럽다'고 말한 적도 있다. A컵 친구들이 브래지어가 불편하다고 하면 나는 이렇게 말한다.

"A컵이 브래지어를 왜 해? 그냥 벗고 다녀."

나는 진심인데 야유가 터져 나온다. "가슴 크다고 자랑하냐?" 매번 이런 답이 돌아온다. 나는 진지하게 묻는다.

"진짜로 가슴 큰 게 자랑할 일이라고 생각해? 너도 가슴이 컸으면 좋겠어?"

"아니, 그렇진 않아."

"그럼 왜 그렇게 말해?"

"왠지 그래야 될 것 같아서."

그렇다. 사람들은 '나는 아니지만 일반적으로 사람들은 큰 가슴을 좋아한다'고 믿는다. 속옷을 사러 가 보면 두툼한 패드가 안 달린 걸 찾기 힘들다. 하지만 내 주변에는 실제로 큰 가슴을 좋아하는 사람은 없고 '나는 아니지만······'이라고 믿는 사람만 있다. 의외로 큰 가슴을 좋아하지 않는 게 보편적 취향일 수도 있다는 거다. 심지어 남자들도 그렇다. 나는 큰 가슴을 좋아하는 남자와 데이트한 적이 없다. '나는 가슴 큰 여자를 좋아하는 멍청한 사내놈들과 달라'라고 생각하는 남자뿐이었다. 패션에서도, 나는 흔히 남자들이 좋아할 거라 얘기되는 스타일—노출, 긴 생머리, 짧은 스커트, 레이스가 부글부글한 브래지어, 시스루 따위—을 좋아하는 남자를 별로 본 적이 없다. 인스타그램 비키니 사진에 남자들이 모두 열광할 것 같지만 실은 반사적으로 위화감을 느끼는 사람도 많다.

'인기녀' '섹시녀' '여자 친구 스타일' 따위 이미지를 정해 놓고 일부분이라도 거기 부합하는 대상이 나타나면 질투하거나 열광하는 척하는 건 일종의 사회적 게임이다. 큰 가슴이나 노출이

심한 의상을 섹시하다고 생각하지 않는 사람들 조차 이 게임에 임할 때는 '짓궂은 악동' 역할에 충실하다. 많은 여자들이 여기에 속한다. 이목구비는 어떻고 몸매는 어떻고 옷차림은 어떤 것이 '섹시하다' 또는 '매력적이다'고 자동으로 생각하고 그에 부합하기 위해 노력한다.

중요한 건 누구한테 잘 보일 스타일이 아니라
자기한테 어울리고 편한 스타일을 찾는 거다.

나는 나를 사랑한다 3부 남과 여

나다운 것이 가장 매력적인 것이라는
사실을 깨닫고
자기가 즐길 수 있는 수준까지만
꾸미는 태도는 필요하다.

오늘도 거리에는 하이힐을 신고 힘겹게 걸음을 옮기는 여자들이 있다. 그렇게까지 노력하지 않아도 된다고 말해 주고 싶다. 우리는 어차피 평생 남자들보다 많은 시간을 거울 앞에서 보내게 될 운명이다. 그 고생을 할 거라면 남이 아닌 내가 즐길 수 있을 만큼만 하자.

4부

가족

가족이라는 종교

누사렘봉안의 해변 카페에서 맥주를 마시다가 독일 친구 J가 물었다.

"너는 애를 갖고 싶지 않아? 내 직업이 산파니까 궁금한 게 있으면 물어도 좋고."

나는 웃으며 대답했다.

"이미 있어. 나 자신이 내 아이야."

그건 내가 애 낳으라는 잔소리를 피하기 위해 '나 아직 철딱서니 없으니 그런 거 기대하지 마쇼'라는 뉘앙스로 자주 하는 말인데, J는 다른 의미로 받아들인 것 같다. 그는 충격을 받은 듯 눈이 커지더니 나를 물끄러미 바라보았다. "그런 말 처음 들어 봐. 마음에 들어." J는 해변을 향해 고개를 돌리더니 진지하게 생각에 빠져들었다.

J는 내 남자 친구의 '여자 사람 친구'다. 그의 방문을 앞두고 남자 친구는 내게 경고했다.

"독특한 사람이야."

"어떻게 독특한데?"

"그냥…… 독특해."

그게 무슨 뜻인지 알기까지는 오래 걸리지 않았다. J는 모든 사람에게 스스럼없이 말을 걸지만 묘하게 사람을 불편하게 만드는 구석이 있었다. 나는 주변 환경에 둔감해서 방에 사람이 들어오는지 나가는지도 잘 모르고, 시도 때도 없이 몽상에 빠져서 대화를 놓칠 때도 많고, 길을 걸을 때면 어디 부딪칠까 봐 일행이 불안해서 소매를 잡아당기곤 한다. 실제로 혼자 텅 빈 길을 걷다가 전봇대에 부딪쳐서 이마에 멍이 들거나 안경이 깨진 적도 여러 번 있다. J는 정반대다. 그는 방 한복판에 있든 커다란 파티장 구석에 있든 그 공간의 모든 사소한 변화와 인물의 면면을 정확히 감지하는 안테나 같은 사람이다. 누군가와 대화를 할 때면 상대를 관통할 것처럼 강렬한 눈빛으로 쳐다보는데, 그게 마치 '이 인간은 뭔가?' 분석을 하는 듯하다. 또한 J는 독일인이라는 점을 감안하더라도 부조리를 견디는 역치가 유난히 낮았다. 타인에게 지나치게 경계 없이 마음을 주는 것 같다가도 '이건 아니다' 싶으면 곧장 돌변해서 시시비비를 가렸다. 작고 단단한 차돌 같았다. 또한 그의 말은 맥락을 이탈하거나 경우에 어긋나는 법은 없지만 항상 동그라미 사이의 세모처럼 돌출되어 보였다. "우리 같이 요가하러 갈래?"라는 말도 그가 하면 결투 신청처럼 들렸다. 나는 그가 정의롭고 용감하고 똑똑하고 사람을 무척 좋아하고 인간을 파악하는 능력도 뛰어나지만 타인과 유대감을 쌓는 데는 서툴다고 느꼈다. 그것은 주로 유년기에 터득하는 기술이기 때문에 스스로도 자신이 이질적인 존재임을 오래 자각하며 살았을 거다. '외롭고 힘들었겠군.' 그게 내 감상이었다. J는 자신의 문제가 어디서 비롯됐는지 감추거나 꾸밀 생각이 없었다.

"내 엄마는 쌍년이었어."

아, 위험하다. 한국에도 엄청난 콩가루 가족이 많지만 유럽 가정의 문제는 훨씬 다양하고 스케일이 크다.

"나는 히피 공동체에서 자랐어. 학교도 안 다녔지. 10대가 돼서야 엄청나게 싸운 끝에 학교에 들어갔어. 나는 그 집단을 벗어난 첫 번째 아이였지. 학교생활은 쉽지 않았어. 나는 정규 교과를 배우는 대신 관심 분야의 책을 많이 읽었거든. 그래서 어떤 과목은 백치 같고 어떤 과목은 교사보다 아는 게 많았어. 모르는 건 알 때까지 물어봤고, 아는 게 나오면 계속 끼어들어서 수업을 방해했어. 모두가 나를 불편해했지. 교사들은 제발 학교를 떠나 달라 부탁했고."

머릿속에 몇몇 영화에서 본 서양 히피 공동체의 모습이 떠올랐고, 그건 꽤나 황폐한 이미지였지만 자세히 묻고 싶지는 않았다. 나는 남의 내밀한 얘기를 들으면 어떤 반응을 보여야 할지 모르겠어서 가까운 친구들의 연애 문제나 가정사조차 먼저 말하기 전엔 묻지 않는다. 하지만 J는 자주 어머니의 방임과 억압에 대해 얘기했다. J처럼 강하고 독립적인 사람이 어린 시절 얘기를 그리 자주 하는 게 내겐 놀라웠다. 어린 날 갈망했으나 구하지 못한 사랑이, 그 결핍감이 그에게 너무 큰 공동으로 남아서 내가 팔다리를 인식하듯 자신의 일부로 계속 감지되는 듯했다. 그건 내 남자 친구와 J가 서로 살갑지 않으면서도 깊은 유대감을 유지하는 이유기도 했다. 남자 친구의 부모는 그를 낳고 몇 넌 못 가 헤어졌다. 어머니는 그후 여러 번 결혼했는데 마지막 아버지는 그보다 고작 한 살이 많았다. 남자 친구는 소년 시절부터 생물학적 아버지가 각기 다른 동생 두 명을 가장으로서 돌봐야 했다. 그는 자신의 결함을 설명하기 위해 자주 성장 배경을 소환한다. 그의 안에도 부모의 사랑을 갈망하는 아이가 남아 있다. 비슷한 상처를 가진 사람끼리는 서로를 알아보기 마련이다. 나는 이런 유의 상처를 조금은 이해할 것 같다. 하지만 제대로 이해한다는 확신은 없다.

나는 가족 문제에 크게 동요하는 사람이 아니다. 성인이 되어서도 부모를 탓하는 건 조금 무책임한 일이라 생각하고, 그게 나 자신을 나의 아이 혹은 부모로 여기고 스스로를 기르자 결심한 이유기도 했다. 나는 오랫동안 내가 부모로부터 심리적으로 자연스럽게 분리된 게 태생적으로 강하고 똑똑한 사람이어서, 혹은 일찌감치 체념을 해 버린 탓이라 믿었다. 내 부모는 가정에 안주하기엔 너무 이른 20대 초반에 결혼을 해서 아이를 가졌다. 아버지는 종종 외도를 하거나 밥상을 들어 엎었고, 어머니는 생계 걱정으로 자주 이력서를 끄적거렸고, 집 안에 이혼 서류가 굴러다녔으며, 돈은 있다가 없다가 했고, 아버지와 어머니도 번갈아 집을 나갔다 들어오곤 했다. 초등학생 때는 학교에 다녀와서 어머니가 집에 없으면 불안한 마음에 괜히 화장실 문을 열어 보고 옷장

문도 열어 보고 그랬다. 하지만 부모님 사이야 어떻건 나는 항상 그들이 '내가 무슨 짓을 하든 내 편인 사람'인 걸 알았다. 그들은 항상 나의 가능성을 믿고 어떻게든 지원을 해 주려 했다. 그들 사이의 문제는 그들의 문제일 뿐이었고, 어린 시절 세상의 전부인 존재로부터 이유 없이 거부당한 좌절감 따위는 내게 없었다. 나는 중년이 가까워서야 그 점을 깨닫고 내 가족에게 진정으로 감사하게 되었다. 그들로부터 받은 사랑이 내 인성의 토양이 되었음을, 심지어 그들의 잘못에 맞서는 용기조차 그들로부터 받은 것임을 이제는 인정한다. 이미 살가운 딸이 되기엔 늦어 버린 시점이지만 죽기 전에 깨달은 게 어딘가.

이렇듯 상대적으로 충만한 인간이라서, 나는 타인이 가족 문제로 겪는 고통을 제대로 이해하지 못한다. 가족의 사랑을 받지 못해 생기는 결핍과 공허의 크기를, 그것이 인생에 미치는 영향을 잘 모른다. 사랑하면서 원망하는, 죽이고 싶으면서 생활비를 대 주는, 돌려받지 못할 애정을 기대하며 헌신하는, 한쪽이 다른 쪽을 산 채로 피를 말리고 뜯어먹는데도 그 무서운 인연을 끊어 내지 못하는 사람들을 이해 못 한다. 마찬가지로 그들에게 "그래도 핏줄이잖니"라고 희생을 강요하는 사람도 이해 못 한다. 모든 집안에는 그 집안만의 상처와 고통과 불행과 이유가 있으려니 할 뿐이다. 어둠을 극복하는 힘은 빛에서 나오기 때문에 애초에 빛을 쬐어 본 적 없는 사람에게 왜 어둠을 벗어나지 못하냐고 잔소리하는 게 어불성설이라는 것도 이제는 좀 알겠다. 그러니까 내가 J에게 그런 말을 한 건 에둘러 교훈 따위를 주려던 게 아니다. 하지만 J는 나의 농담을 진지하게 받아들인 것 같았다.

함께 누사렘봉안을 여행하고 일주일 뒤, 밤 늦게 해변에서 술을 마시다가 J가 물었다.

"그건 어떻게 하는 거야?"

"응? 뭐가?"

"네가 너의 아이라고 했잖아. 그건 어떤 거야?"

어려운 질문이다. 굳이 의식하고 하는 일은 아니니까.

／

나는 항상 '의지를 결정하는 나'와
'수행하는 나' 사이에
2밀리미터쯤 유격이 있다고 느낀다.

／

의지를 결정하는 나는 수행하는 나,
즉 사회 속에 존재하고 인식되는 나라는 존재를
'가장 사랑하는 타인'처럼 여긴다.

사랑하니까 응석을 받아 주고 실수도 용서하고 대신 변명도 해 주지만 타인이므로 함부로 망가뜨리는 무례를 범하지 않고 질책도 한다. 그 둘은 서로를 미워할 때도 있지만 대체로 잘 지낸다.

나는 이것을 어떻게 설명할까 고민했다. 하지만 고작 이렇게 말했을 뿐이다.

"내 어머니가 나한테 이렇게 해 주면 좋겠다, 내 자식에게 나는 어떻게 할 테다, 생각하는 걸 자신에게 해 주는 거야. 잘 보살펴 주고 가장 좋은 걸 대접하고 나쁜 것들로부터 보호해 주고……

그런 거 있잖아. 나 자신을 그렇게 돌보는 것만 해도 인생이 너무 바쁘더라. 우리는 사랑하는 사람이 힘들어하면 맛있는 것도 해 주고, 내 집에 숨어서 쉴 수 있게 해 주고, 같이 싸워 주고, 잘되라고 질책도 하고, '너는 네 생각보다 멋진 사람이야, 잊지 마!'라고 말해 주고 싶잖아. 그런데 정작 타인에게 다정한 사람들이 자신에겐 엄격해서 그렇게 안 해 준단 말이야. 누가 해 줄 때까지 기다리지. 만약 내 친구, 내 자식, 내 애인이 이런 상황이면 나는 어떻게 할까를 기준으로 나 자신을 대하는 거야. 가장 사랑하는 타인처럼."

J는 말이 없었다. 밤이 깊어서 표정도 알 수 없었다. 이건 그가 원한 답이 아니었을지 모른다. 나는 그가 편해지길 바라지만 애초에 외부로부터의 돌봄과 지지를 경험하지 못한 사람이 제 안의 힘으로 그것을 대체하는 일이 가능한지 모르

겠다. J가 침묵을 깨뜨렸다.

"공동체를 벗어날 때부터 지금까지 내 인생은 싸움의 연속이었어. 이제 싸우지 않고 얻는 법을 배우고 싶어. 나는 지쳤거든."

"네가 틀렸으니까 그만 싸우겠다는 건 아니지?"

"응. 내가 틀렸다고 생각하진 않아."

"그럼 계속 싸우지 그래? 정말 지치면 싸울 힘이 안 나서 자연스럽게 그치겠지."

"그건 그러네."

J는 파이터답게 호쾌한 웃음을 터뜨렸다.

지난 책에서 나는 가족이 현대 사회의 가장 보편적인 종교라고 썼다. 맹목적 믿음을 기반으로 한 공동체라는 점에서 그렇다. 핏줄은 신탁이고 교리는 사랑이다. 여느 종교와 다른 점은 교리를 배반해서 굴러떨어지는 지옥이 사후가 아니라 현실에 있다는 점이다. 사람들은 가족이라는 이유만으로 서로를 사랑하고 용서하고 희생해야 한다고 강요받으며, 그것에 실패하면 죄책감을 느끼거나 크게 비난받는다. 비록 그 가족이 허구한 날 나를 두들겨 패고, 월급을 차압당하게 하고, 악랄한 짓을 해서 내 명예를 더럽히고, 해괴한 가치관을 종용하고, 차별과 방임과 언어 학대로 자존감을 박살 내고, 억압을 일삼더라도 말이다. 인간이면 가족을 이루어야 한다는 사회의 맹목적 믿음 덕에 자격 없는 자들도 손쉽게 자신의 사찰을 꾸리고 사제가 된다. 그러고는 절대자를 흉내 내어 자신의 피조물들을 지배하고 파괴한다. 때로는 사제들 자신이 이 시스템의 희생자가 된다. 하지만 핏줄의 연결 고리를 끊어 내는 건 쉽지 않다.

나는 J가 히피 공동체를 떠나왔듯 가족이라는 종교의 굴레에서 벗어나길 바란다. 없으니만 못한 가족 때문에 고통받는 모든 자식 혹은 부모가 그러길 바란다. 그들이 파이터가 되어 상처를 감수하고 싸울 수 있기를 바란다. 하지만 태생부터 연결된 존재를, 자신의 배경을, 온 세상이 '네가 그들이고 그들이 곧 너다'라고 명명하는 집단을, 한때 간절히 사랑하고 우러르고 의지하던 절대자나 내가 길러 낸 피조물을 부정하기는 쉽지 않다. 그 깊은 인연은 사랑이 말라 버린 뒤에도 연민이나 동일시나 책임감의 형태로 인생을 지배한다. 하지만 가족도 결국은 인간관계다. 내가 있고 나서 존재하는 것이다.

타인에게는 나를 파괴할 권리가 없고,

그건 가족이라 해도 마찬가지다.

자신을 파괴하는 자들에게 맞설 용기를

타인의 사랑에서 얻지 못했다면

당신이 스스로에게 주어야 한다.

당신 자신의 부모가 되어,

아이가 되어,

가장 사랑하는 타인이 되어서.

가부장제 중심의 사랑

2019년 9월, 공정거래위원장 후보 청문회에서 한국 여성 인권 실태를 상징하는 사건이 벌어졌다. 후보자 조성욱은 고려대 경영학과와 서울대 경영대학 교수였고, 한국 금융정보학회 회장, 금융위원회 증권선물위원회 비상임위원을 지냈다. 재벌 정책과 기업 지배 구조 전문가로, 1997년 경제 위기를 분석한 그의 논문은 관련 분야에서 최고 권위를 가진 금융 경제학 저널 명예의 전당에 올랐다. 청문회에서 큰소리치고 반대는 해야겠는데 딱히 명분이 없던 야당 의원은 완벽한 그의 스펙에서 딱 한 가지 흠집을 찾아냈다. 조성욱이 비혼 여성이라는 거다. 국회의원 정갑윤은 이렇게 물었다. "우리 한국 사회의 제일 큰 병폐가 뭐라고 생각하느냐. 현재 대한민국의 미래가, 출산율이 결국 우리나라를 말아먹는다"며 "후보자처럼 훌륭한 분이 그걸(출산) 갖췄으면 100점짜리 후보자라 생각한다. 본인 출세도 좋지만 국가 발전에도 기여해 달라"고 했다. 남자가 고위 공직자가 되면 큰일 한다고 추켜세우면서 여자가 같은 자리에 있으면 본인 출세라는 것도 웃긴다. 하지만 출산하지 않는 것이 여성의 의무 위반인 양 몰아붙이는 대목에서는 기가 차서 말이 안 나올 정도다. 출산과 출세가 양립할 수 없도록 만드는 사회 분위기, 저 정도 경력을 가진 전문가에게도 여

나는 나를 사랑한다 4부 가족

성이라는 이유로 출산 기계 취급하면서 아무나 시아비가 되어 '네가 나라를 말아먹으려고 애를 안 낳느냐' 호통치는 이 강고한 가부장제와 낮은 인권 의식이야말로 출산율 저하의 원인이라는 걸 정말 모르는 걸까.

싱가포르, 홍콩, 대만, 한국은 한때 아시아의 떠오르는 용이라고 한데 묶였는데 요즘은 '출생률 세계 최하위 국가'라는 타이틀을 두고 치열한 경쟁 중이다. 매년 앞서거니 뒤서거니 한다. 젊은 이들이 결혼을 안 하는 게 이유라며 지자체가 '맞선 열차' 따위 안이한 기획이나 내놓던 초창기를 지나, 여자들이 눈이 높아져서 결혼을 안 하는 게 문제니까 미디어를 동원해 '무해한 음모 수준'으로 하향 결혼을 유도하자는 헛소리가 국가 기관 보고서를 장식하던 야만의 시대도 지나서, 요즘은 그나마 미디어에서 실체에 근접한 분석이 나오는 걸 볼 수 있다. 연구 및 정책 수립 기관에 여자가 남자만큼 많았다면, 공공 부문이 여자의 말에 귀 기울이는 문화였다면 일찌감치 답이 나왔을 문제인데 뭐 그리 시간을 끌었나 싶다. 하지만 그런 나라였으면 애초에 인구 소멸이라는 현상이 벌어지지 않았을 거다.

단서는 서구식 정치 시스템과 자본주의, 높은 경제력을 가진 아시아 유교국 네 군데가 나란히 같은 문제를 겪는다는 거다. 이 때문에 '유교적 가부장제'가 문제의 원흉으로 떠오른다. 하지만 정작 유교의 발상지 중국은 합계출산율 1.6명 언저리를 맴돌고 있어 '초저출산(1.3명 이하)'은 아니다. 정확히 말하면 문제는 '유교적 가부장제' 자체가 아니라 그것과 현실의 괴리에 있다. 한국의 출생률 문제는 미래를 지향하는 자들과 과거에 머무르려는 자들 사이에서 현실의 제도가 갈팡질

팡하는 형국이다.

가부장제와 유교 자체는 역사상 오랜 시기 동안 큰 저항 없이 작동했을 뿐 아니라 사회에 긍정적 기여를 하기도 했다. 양식을 오래 비축할 수 없던 농경 시대를 상상해 보라. 여자는 임신, 출산, 초기 양육 기간 동안 경제 활동에 참여하기가 힘들고 그것은 곧 산모와 신생아들이 생존 위협에 직면할 수 있다는 얘기다. 마땅한 피임법도 없던 시대에 여자들은 평생 몇 번이고 이런 시기를 겪어야 했을 것이다. 그 기간 동안 먹거리를 구하고 외부의 위협으로부터 가족을 지켜 낼 남성의 존재가 필요했다는 건 남성의 번식 본능과 오쟁이를 지고 싶지 않은 마음이 독점적 혼인 관계를 발전시켰다는 일부 진화 심리학자들의 주장보다 타당해 보인다. 그리하여 가부장제가 발생하고, 가부장제가 고착됨으로써 '집안일'과 '바깥일'

의 구분이 생기고, 남성이 경제 활동과 가내 권력을 독점하는 현상이 벌어졌으리라 쉽게 상상할 수 있다. 그것뿐이라면 여자가 결혼과 동시에 남편에 종속된 존재가 아니라 원가족의 보호를 함께 누리며 최대한 많은 자원을 확보하는 것이 타당하다. 그런데 여기에 어느 순간 종교가 끼어든다. 그러고는 남자가 이런 일을 하고 여자가 저런 일을 하는 것은 우주의 섭리라고 주장한다. 남자는 하늘이고 여자는 땅이다, 남자는 양이고 여자는 음이다! 그리하여 성별은 여타 계급 구분에 맞먹거나 때로 우선하는 차별의 기준이 되었다. 고려 시대만 해도 여자를 족보에 올리고 상속권도 인정하던 우리 조상님들은 조선 시대 들어 이 이론에 따라 일체의 권리를 남성에게 몰아주기 시작한다. 가부장의 승계권이 아들에게만 있었으므로 아들이 없으면 양자를 들였고, 결혼한 딸은

'출가외인'이라 불렀다. 말인즉 여성의 재산권이나 최대한 많은 보호를 누리려는 본능보다 새로 가족을 꾸리는 남성 가부장의 인적 소유권이 더 중요해진 거다.

여자들이 공적 활동이나 권리에서 배제되었다 해서 경제 활동의 의무에서 해방된 것도 아니었다. 한국인은 죄다 자기네가 양반의 후손이라 생각하고 텔레비전 사극의 양반 가문을 모델로 조선 시대를 이해하지만 택도 없는 착각이다. 우리의 고조할머니가 곳간 열쇠를 틀어쥐고, 제사를 관장하는 양반집 맏며느리였을 확률은 여름엔 뼈 빠지게 농사짓고 겨울엔 얼음물을 길어 나르고 밤이면 삯바느질을 하는 평범한 아낙이었을 확률보다 현저히 낮다. 우리의 고조할아버지에겐 아무리 가난해도 마음대로 부릴 몸종 같은 존재(아내!)가 있었지만 그녀에겐 아무도 없었다.

유교적 가부장제는 국가 전체의 가부장으로서 왕권의 절대성을 옹호하고, 정치 세력 단위로서의 양반 가문을 유지하는 데 탁월한 위력을 발휘했다. 거창한 제례는 핏줄을 신성화함으로써 가문의 권위를 강화하고 결속력을 다지는 중요한 수단이었다. 문제는 왕권과 신분제가 철폐되고, 종교와 정치가 분리되고, 민주주의가 도입되고, 여성의 사회 진출이 활발해진 후에도 유교의 잔재는 우리 사회 곳곳에, 왜곡된 형태로 남았다는 거다.

나는 화이트칼라라곤 농협과 수협 직원, 공무원, 교사뿐인 도시에서 자랐다. 그 지방 남자들은 일단 공부를 해 보고, 안 되면 장사를 하거나 배를 타고, 그마저 여의치 않으면 아내에게 빌붙었다. 반면 일하지 않는 성인 여성은 없었다. 그들은 논밭, 식당, 공장, 노래방, 상점에서 닥치는 대로 일하며 가정을 건사했다. 그럼에도 남편은 물론 여자들 자신도 아내의 일이 가계의 주 수입원이란 사실을 눈치채지 못했다. '남자는 큰일을 해야 한다'는 믿음 때문에 남편들의 빈둥거림은 언제까지나 미래를 위한 유예 기간으로 여겨졌다. 그리하여 여자가 아이를 낳고 기르고 먹여 살리는 동안 남편들은 번번히 한 일도 없이 가부장의 지위를 차지했다. 물려줄 만큼 명예로운 가문이 있는 것도 아니면서 자기 성씨를 이어받을 아들을 낳으라 아내를 구박하고, 차례마다 제 조상을 먹이기 위해 온 가족을 부려 먹고, '계집'과 '사내'를 엄격히 구분하여 집안일 따위는 깔끔하게 거부했다. 그 경험을 바탕으로 결혼을 꿈꾸는 여성들에게 조언하자면, 가부장제는 남자를 게으르고 무책임하게 만드는 제도이므로 애인이 '남녀유별'을 믿는 기색이 보이면 멀리 도망치라는 거다.

딴에는 괜찮은 줄 알고 고른 남자가 알고 보니 가부장제라는 개천에서 난 돌연변이 용일 수도 있다. 서로 인격을 존중하며 현대적 파트너십을 유지하다가 가족 행사만 있으면 조선 시대로 시간 여행을 하는 경우다. 며느리를 제 아들 아침밥 차리고 내조하고 손주 생산하고 저한테 효도하는 만능 용병 취급하는 집안은 또 얼마나 많은가. 멀쩡하게 잘 살다가 한 번씩 한국의 가족 문화 속에서 자신의 낮은 지위를 확인한 여자는 '내가 남의 집안 종이나 되려고 그렇게 열심히 공부하고 취직하고 출퇴근을 했던가' 회의에 빠진다. 자기가 부엌데기로 전락한 동안 남성 친족과 모여 앉아 날름날름 전이나 집어 먹는 남편의 엉덩이를 걷어차 버리고 싶다.

가부장제는 당신이 누구의 아내나 며느리가 아니라 딸로 존재하는 동안에도 고통을 안겨 준다. 1990년대 인기 드라마 중에 〈아들과 딸〉 (1992~3)이라는 작품이 있다. 한국 근현대 풍속사를 탁월하게 재현한 작품이다. 김희애와 최수종이 보수적인 집안의 쌍둥이 남매로 나왔다. 어머니(정혜선)는 둘을 지독하게 차별한다. 이름부터가 아들은 귀남이, 딸은 후남이다. 이 어머니는 아들 교육을 위해서라면 물불 안 가리면서 딸에게는 희생을 강요한다. 온 가족 구성원의 자원, 노동력, 심지어 애정까지 장차 가부장을 이어받을 아들에게 올인한다. 온갖 고난 끝에 귀남이보다 출세한 후남이가 왜 그랬냐고 묻자 "아들이 잘돼야 집안이 잘되니까!"라고 항변하던 어머니의 모습이 30년 가까이 흐른 지금도 잊히질 않는다. 어린 나는 그 대사를 듣고 '아, 할머니들이 아들딸 차별하는 데도 이유가 있구나!'라고 생각했다. 그런데 정말 그게 다였을까? 집안을 위해서 편애를 했다고? 요즘이야 장남 등록금 대려고 누이를 학교 대신 공장이나 식모살이, 술집에 내보내는 집안이 흔치 않겠으나 '아들은 귀하고 딸은 천하다'는 믿음이 한국인의 의식에서 완전히 사라진 것 같지는 않다.

내 언니는 서기 2017년에 퇴근 후 취미 활동을 하러 갔다가 40대 후반 참가자한테 이런 말을 들었다.

"나는 아들이 고2, 딸이 중3인데 딸내미한테 어릴 때부터 오빠 밥 차리는 걸 가르쳤더니 이렇게 취미 활동할 시간도 있고 너무 좋아."

그 집 아들에겐 사지가 없나 진지한 의문이 들었지만 그랬다면 그 엄마가 그토록 여유만만하진 못했을 거다. 언니는 자기 딸이 나중에 그런 집안에 시집가면 어쩌나 걱정했다. 나는 그보다 그 집 어머니가 걱정되었다. 남의 집 귀한 딸에게 귀남이 노릇하다가 번번이 차인 아들은 평생 어머니에게 빌붙어 가사 노동을 요구하고, 딸은 뒤늦게 억울해서 어머니와 연을 끊는 상황이 상상되었기 때문이다. 왜 여자들이 잘못 키운 탓만 하냐, 남자들은 뭐 했냐고 물을 수 있다. 하지만 시스템의 수혜자에게 스스로 문제를 인식하고 바로잡기를 기대할 수는 없다. 남자들이 가부장제를 버리는 건 여자들이 모두 그 잔치판을 떠나서 설거지거리만 남은 후의 일일 것이다.

여성을 아버지, 남편, 오빠, 애인 등 현재나 미래의 가부장에 종속된 존재로 보는 시선은 한국 사회의 실질적 위험 요소기도 하다. 경찰청 통계에 따르면 매년 발생하는 가정 폭력 사건의 피해자들 네 명 중 세 명은 여성이다. 연간 수십 건씩 발생하는 '이별 살인' 역시 여성을 남성의 소유물로 보는 시각과 관련되어 있다. 하루가 머다 하고 터져 나오는 여성 대상 폭력 사건과 판결 내용을 보면 이 나라는 '여자가 거슬리는 짓을 하면 남자가 팰 수도 있지'라는 사인을 꾸준히 주고 있는 것 같다.

사회 전체가 나쁜 선택을 용인할 때
개인은 쉽게 타락한다.

물론 모든 남자가 그런 건 아니겠으나 단 1%의 가능성이라도 있다면 조심할 수밖에 없다.

만약 당신이 허다한 귀남이들과 잠재적 폭군을 피하고 부모가 외국에 살아서 시댁, 명절, 제사 스트레스도 없는 남자를 만나 결혼을 한다 치자. 그런다고 가부장제의 굴레를 벗어날 수 있는 게 아니다.

이제 여성들도 배울 만큼 배웠고, 생리적 이유 자체는 경제 활동에 큰 영향을 미치지 않는다. 여자들도 직업을 갖는 게 의무가 되었다. 하다못해 '취집'이 꿈인 여자조차 멀쩡한 남자를 만나려면 결혼 전까지는 최대한 스펙을 쌓고 자기 직업을 유지해야 한다는 사실을 안다. 웬만한 서민 가정은 남편 혼자 벌어서 애 키우며 살기도 힘들다. 결혼한 커플은 아이를 많이 낳지 않는다. 여자가 출산으로 인해 꼼짝 못 하는 시점은 일생에 한두 번, 많아야 서너 번이다. 그럼에도 출산 휴가 한 번 쓰려면 사방에서 눈치가 쏟아진다. 아이에게 두 시간마다 음식을 먹이고 기저귀를 갈아 줘야 하는 기간 동안 이 고된 노동을 아웃소싱할 재력이 없으면 부모 중 한 사람은 휴직을 해야 한다. 이 경우 육아는 여성의 몫이라는 편견, 상대적으로 오래 사회생활이 가능하고 임금도 높은 남편보다는 아내의 커리어가 흔들리는 게 낫다는 현실적 판단 등으로 여성이 주 양육자가 되어 휴직을 택한다. 1~2년 휴직을 하고 회사로 돌아가면 그만큼 승진이나 임금 등에서 뒤쳐질 수밖에 없고, 육아 휴직을 하느니 사직을 하라고 종용하는 회사도 많다. 회사는 회사대로 '여자는 언제 임신해서 애 키운다고 일을 중단할지 모르니까' 하고 못미더워한다. 그러니 여자를 덜 뽑고 덜 키운다. 그 결과 한국 30대 기업 여성 임원이 4%에 불과하고 남녀 상용직 임금 격차가 월 110만원(2019년 통계)이나 되는 현실에 이르렀다. 현실이 이러니 남성들은 그들대로 결혼 후 가장이 되어 현금을 벌어 올 의무를 뒤집어쓰는 악순환이 계속된다. 게다가 주 52시간 노동도 적다고 징징거리는 한국의 직장 분위기상 그들이 퇴근 후 가사 노동과 육아에 참여할 체력이 남아 있기를 기대하기도 힘들다. "나는 24시간 퇴근도 없이 육아 노동을 하잖아! 나도 힘들어!"라고 주장하는 아내를 피해 가부장제로 도망치는 건 남성들로선 손쉬운 해결책이다. "여자들이 그런 건 잘하잖아! 다른 여자들도 다 해! 남자가 육아에 대해 뭘 알아! 밖에서 힘들게 일하고 들어왔는데 집에서라도 좀 편히 쉬게 해 주면 안 돼? 그나저나 내 와이셔츠는 어디 있어?" 새로운 가부장이 탄생하는 것이다.

여기가 정말 조선 시대라서 여자들이 배운 것도 없고 사회생활도 못하고 애초에 가족 재생산이 자신의 유일한 가치라 믿고 자랐다면, 그리하여 그 임무만 완수하면 사회의 칭송을 받고 장차 아들과 며느리의 봉양까지 기대할 수 있는 상황이면 스트레스가 덜할 거다. 하지만 지금은 2020년이고, 우리는 시민들이 혁명으로 국가의 가부장인 대통령까지 몰아내 본 경험을 갖고 있으며, 가문이 정치 세력은커녕 경제, 육아 공동체조차 못 되는 상황이고, 여자들은 남녀의 인격이 동등하다는 말을 듣고 자란 데다 결혼 전까지 학교와 직장에서 남자들과 같은 수준의 성취를 기대받으며 자유롭게 경쟁한다. 자신이 인식하든 못하든 개인주의와 페미니즘을 호흡하며 자란 데다 체제란 영구한 게 아니라는 사실을 경험으로 아는 요즘 여자들에겐 연애 상대의 귀남이스러움을 받아들이는 것이, 자신의 이름과 직함 대신 누구의 아내, 며느리, 어머니라 불리는 것이 세계관과 정체성을 뒤흔드는 충격이다. 그런 상황에서 사랑이란 배부른 소리일 뿐이다.

이미 가부장제를 걷어차 버린 자들과 그 안에서 버티는 자들은 같은 시대를 살지만 다른 세대나 마찬가지다. 말이 통하기도 어렵고 사랑에 빠지기는 더더욱 어렵다. 이런 얘기들이 누군가에겐 너무 뻔하고 익숙하며 기본만 짚어서 구멍이 숭숭 뚫린 개괄로 들릴 거고, 누군가에겐 이기적인 억측으로 들릴 거다. 그들이 서로를 설득한다는 건 한국어를 쓰는 사람과 러시아어를 쓰는 사람이 동시에 아프리카어를 배워서 소통하는 것만큼이나 어려운 일이다. 나는 서기 2016년 술자리에서 이런 말을 듣기도 했다.

"여자는 머리 쓰는 일을 위해 태어나지 않았다. 그것이 세상 이치다. 유학에서 그렇게 말한다."

너무 어처구니가 없어서 지어낸 얘기라 생각하는 독자도 있을 거다. 나도 그랬으면 좋겠다. 그의 말마따나 나는 여자기 때문에 유학처럼 고매한 학문을 연구할 머리가 없다. 그래서 내가 이해할 수 있는 보다 쉬운 것들, 예컨대 인류학이라든가 사회학이라든가 과학이라든가 경제학 등을 바탕으로 그 말을 처리할 수밖에 없었다. 이 정도 멍청이에게는 반박이나 토론이 먹힐 리 없으므로 시간 낭비 말자는 합리적인 결론을 내리고는 웃으면서 재빨리 자리를 떴다는 뜻이다. 게다가 그 안에 반박할 수 없는 궁극의 진리가 담겼다고 주장하는 한 그가 말하는 건 유학이라는 학문이 아니라 유교라는 종교이고, 신앙은 이성으로 따질 주제가 못 된다.

물론 한국에도 파트너에게 책임과 애정은 다하되 가부장으로 군림하지 않은 좋은 남자들이 있다. 하지만 그들이 보편적이라고는 말 못 하겠다. 파트너를 아끼고 헌신하긴 하는데 '여자는 머리 쓰면 안 된다' 같은 몹쓸 말을 농담인 줄 알고 아무 데나 배설해서 본의 아니게 타인의 인격을 모독하는 남자가 그보다 훨씬 많을 지경이다.

너무 암울해하지는 말자. 기왕 이렇게 된 거,

최초로 아이를 낳지 않아 자연 소멸한 국가로 인류사에 남는 것도 영광스러운 일이 아닐까, 한국인으로서 스스로를 위로해 본다. 짝짓기 하는 법을 몰라 멸종 위기에 처한 카카포들처럼 말이다. 얼마나 시적이고 환경 친화적이며 아름다운 일인가. 우리는 전설이 될 것이다. 지구가 멸망하기 전까지 세계 모든 여성이 우리의 위대한 사보타주를 기억하고 우리의 무덤에 꽃을 갖다 바치리라. 홍콩, 대만, 싱가포르에 이 영예를 빼앗기지 말자. 더욱 열심히 가부장하자!

이것은 가족이 아닌가

영화 〈어느 가족〉(2018)에는 학대받거나 방치된 아동들을 데려와 좀도둑질을 시키는 성인들이 나온다. 그 성인들은 엄연히 범죄자다. 아이들을 학교에도 보내지 않는다. 하지만 한편으로 아이들은 그 가짜 가족 안에서 위안을 얻는다. 가짜 엄마는 쓰레기장에서 구조한 소녀를 진짜 엄마에게 돌려주러 갔다가 부부 싸움 소리를 듣고 발길을 돌린다. 그러고는 아이의 밥을 챙기고, 옷을 사 주고, 재미있게 놀아 주고, 아이와 헤어지지 않기 위해 직장도 그만둔다. 가짜 아빠는 파친코 주차장에 방치되었던 소년을 구조해 돌보다가 정이 흠뻑 든 나머지 언젠가 '아빠'라고 불리기를 기대한다. 다 같이 해변에 놀러간 날, 소년이 여자의 가슴골을 쳐다보는 걸 보고 가짜 아빠가 뭔가를 눈치챈 듯 묻는다.

"너도 가슴 좋아하니?"

"아니에요."

"괜찮아. 남자는 다 가슴을 좋아해. 너 아침마다 고추가 커지지?"

"어떻게 알았어요?"

"원래 그런 거야. 나도 그래."

아이가 안심한 듯 웃는다. "휴 내 몸에 이상이 생긴 줄 알고 걱정했어요." 둘은 즐겁게 물장난을 친다. 그 모습이 세상에서 가장 다정한 부자처럼 보인다. 하지만 소년이 도둑질을 하다 걸리는 바람에 모두 체포되자, 그들을 규정하는 말은 '가족'이 아니라 '범죄 집단과 유괴된 아이들'이 된다. 가짜 엄마는 조사관과 의미심장한 대화를 나눈다. 조사관이 먼저 말한다.

"아이들에겐 어머니가 필요합니다."

"그건 어머니의 이미지겠죠. 낳기만 하면 자동으로 어머니가 되나요?"

가짜 엄마의 대답에 조사관은 의아한 표정을 짓는다.

"아이를 낳지 않으면 어머니가 될 수 없지요. 당신이 아이를 못 낳아서 괴로웠다는 거 이해합니다. 질투했습니까? 그래서 소녀를 유괴한 겁니까?"

가짜 엄마는 그 말에 충격을 받은 듯 고통스러운 얼굴로 연신 눈물을 닦는다. 결국 그는 이 가족의 해산을 결정한다. 그녀는 자기가 아이들을 사랑한다고 확신했지만 사회의 혈연주의는 더 강고한 힘으로 그녀의 확신을 흔든다. 당황하는 파트너에게 그녀가 말한다. "당신도 알잖아. 우리는 그들에게 충분하지 않아." 그리하여 소녀는 폭력과 방임을 일삼고 애가 사라져도 실종 신고조차 하지 않은 생모에게 돌려보내진다. 소년은 집단 보호 시설로 간다. 소년은 가짜 아빠에게 묻는다.

"정말 나를 버리고 도망치려고 했어요?"

가짜 아빠는 오래 침묵하다 말한다.

"응. 사실이야. 잡힐까 봐 그랬어."

"알았어요."

"이제부터 나는 네 아빠가 아니야."

"응."

가짜 아빠의 말이 진심인지, 아이를 위한 거짓말인지 알 수 없다. 그는 물론 좋은 어른이 아니다. 아이를 굶기거나 때리지 않고 애착도 주지만 장차 정상적인 사회인으로 성장하는 데 필요한 교육과 경제적 지원은 제공할 수 없다. 그가 계속 아이를 데리고 있으면 소년은 신분조차 불분명한 도둑으로 자랄 게 뻔하다. 가짜 아빠가 자기를 원하지 않는다고 말했을 때 소년의 감정이 뭐였는지는 알 수 없다. 그게 진심이라 생각해서 상처받았는지, 진심은 아니겠지만 사랑만으로는 충분치 않다고 생각한 건지, 그는 다만 담담하게 생애 처음으로 느껴 본 부성애를 포기하고 돌아선다. 그로써 소년과 소녀의 삶이 더 나아질지는 알 수 없다. 사회가 그 아이들을 책임질 게 아니라면 사랑이라도 주는 사람들 곁에 남게 해 주는 게 좋지 않았을까? 적어도 원 가족이나 보호 시설로 보내는 대신 새로운 후견인을 찾아 주는 노력이라도 해야 하는 게 아닌가? 하지만 영화로만 봐서는 일본의 사회 안전망이 이런 아이들을 충분히 보호할 정도로 견고할 것 같지 않다.

영화는 부자 나라 일본의 소외된 극빈층 문제를 다룬다. 보육을 가정에만 맡겨 두는 무책임한 사회를 비판하기도 한다. 동시에 무엇이 부모의 역할인가, 아이들에게 필요한 것은 무엇인가, 가족의 의미는 무엇이고 혈연주의는 과연 합당한가 의문을 제기한다. 영화가 끝나고 남자 친구와 나는 한동안 말을 잇지 못했다. 남자 친구는 아버지를, 정확히는 구체적 대상이라기보다 부성 자체를 오래 그리워한 사람이다. 어머니와 함께 살긴 했지만 모성 역시 결핍되어 있었다. 나는 그가 극중 조사관처럼 혈연을 가족의 필수 요소로 여기지는 않을 거라고 확신했다.

"가족이 뭐라고 생각해? 사람들이 왜 가족을 만들까?" 내가 물었다.

"혈연이 전부가 아닌 건 확실하지. 가족을 만드는 이유는…… 외로움이 아닐까? 혼자가 되는 게 두렵기도 하고."

나는 그의 말에 공감했다. 우리는 외로워서, 혼자가 되는 게 두려워서, 누군가와 연결되려 한다. 사랑조차 그 결과물일 뿐이다. 어떤 사람들에겐 혈연으로 엮인 가족이 그 역할을 충분히 해준다. 어떤 사람들은 사랑으로 새로운 가족을 만든다. 하지만 그런 행운을 누리지 못하는 사람들도 많다. 그들도 어떤 식으로든 타인과 연결되려 한다.

당장 한국 시골만 가 봐도 그렇다. 자식은 모

두 객지로 내보내고 배우자와는 사별한 노인들이 자매처럼 서로를 돌보는 경우가 많다. 결혼도 안 하고 자식도 안 낳고 일가친척은 뿔뿔이 흩어져 혼자가 된 사람들이 친구를 가족처럼 의지하며 살아간다. 법적으로는 부모가 있어 입양은 안 되지만 고아처럼 버려진 청소년을 자식처럼 돌보는 이웃도 있다. 〈미운 우리 새끼〉에 출연한 모델 배정남이 어린 시절 하숙집 할머니와 재회하는 모습을 기억하는 사람이 많을 거다. 그는 어린 시절 밤에 무섭다고 하면 할머니가 꼭 안아 주고, 졸업식 때 꽃을 안겨 주고, 아이들과 싸울 때면 자기 손자라면서 대신 싸워 줬다고 했다. "할머니 때문에 훌륭한 사람은 못 돼도 바르게 커야겠다고 생각했다. 할매가 엄마였다"고 말했다.

실제로 이런 경우가 비일비재하다. 이런 건 가족이 아닌가? 혈연이 아니니까? 나의 지인 중에는 이혼 후에 한집에 살면서 공동 육아를 하는 경우도 있다. 남녀로서의 관계는 끝났지만 친구이자 생활동반자로 남은 것이다. 한국의 사회 안전망 역시 모든 구성원과 가족 형태를 포괄할 정도로 촘촘하지 않다. 그것을 개인의 연대로 대강 수습하며 사는 가족 아닌 가족들이 있다. 하지만 법적인 가족이 아니라는 이유로 이 연대조차 제대로 활용할 수 없는 경우가 많다. 직계 가족이 아니면 함께 보험을 들 수도 없고 의료동의서에 서명을 해 줄 수도 없다. 만약 당신이 세 살 때 부모가 집을 나가서 얼굴도 모른 채 고생하며 혼자 살다가 비슷한 처지의 친구를 만나 가족처럼 의지하며 살았다 치자. 같이 열심히 일해서 공동 명의로 집도 사고, 연금도 붓고, 안정된 미래를 꿈꾸다가 불의의 사고를 당해 둘 중 한 사람이 사망한다고 가정하자. 그가 남긴 모든 것은 수십 년 함께 산 친구가 아니라 얼굴도 모르는 친부모에게 돌아갈 것이다. 이성과 결혼하거나 혈연으로 엮이기 전에는 법적 가족이 될 방법이 없다는 건 이런 의미다.

2019년 2월, 청와대 청원게시판에 '생활동반자법을 추진해 달라'는 내용이 올라왔다. 청원자는 경동맥 협착증으로 수술을 해야 했지만 직계 가족의 동의서를 받을 수 없었다. 아버지는 알코올 중독으로 대화가 단절되고 어머니는 어릴 때부터 그를 학대했다. 그는 다른 친척들에게 부탁해 겨우 수술 동의서를 받았다며 실질적으로 도움을 줄 사람을 보호자로 지정할 수 있도록 해 달라는 청원을 올렸다. 생활동반자법은 결혼하지 않은 성인도 특정인 한 명을 동반자로 신고하고 배우자에 준하는 법적 보호를 받을 수 있도록 하는 방안이다. 2014년 국회에 발의됐지만 통과되지 못했다. 프랑스의 공동생활약정법(PACS)과 유사하다. 인터넷에서 이 법의 통과를 반대하는 의견을 보면 "여자들이 동거하다 헤어질 때도 남자한테 돈을 뜯어낼 수 있게 된다" "사실상 동성결혼을 합법화하는 거다" "사랑하면 결혼하고 책임을 져야지 동반자는 또 뭐냐" "상대방 몰래 동반자 신청을 하고 죽여서 재산을 상속받는 보험사기 비슷한 것이 발생할 수 있다" 등 답답한 소리가 난무한다. 주로 생활동반자법의 수혜 대상을 결혼 밖에서 성적인 파트너십을 유지하려는 커플로만 이해하거나, 같이 산다고 자연스럽게 법적 효력이 생기는 게 아니라 결혼과 마찬가지로 신고 절차가 있다는 점을 인지하지 못하는 경우다. 이 의견들은 우리 사회가 '가족'의 개념을 얼마나 협소하게 보는지 정확히 드러낸다.

우리는 결혼과 혈연이 아니어도,

이성애를 나누는 사이가 아니어도,

깊이 사랑하고 신뢰하고 서로 돕는 공동체

관계를 형성할 수 있다.

영화 〈캐스트 어웨이〉(2000)에서 무인도에 떨어진 주인공은 배구공에게 얼굴을 그려 주고 윌슨이라는 이름을 붙여 주며 대화를 나눈다. 그걸 보고 아무도 기이하다고 생각하지 않는다. 자신을 닮은 누군가가 없으면 사물에라도 정을 붙여야 살아갈 수 있는 게 인간임을 알기 때문이다. 애인이든 친구든 남자든 여자든 배구공이든, 사랑하는 존재들끼리 가족을 이루어 의지하고 살도록 내버려 둘 순 없는 걸까. 그놈의 핏줄이 뭐라고, 결혼이 대체 뭐라고.

5부

그리고 나

몸의 일기

    내 친구 '루'는 홍콩 사람이다. 우리는 인도네시아에서 만났다. 얼마 전, 짧은 고향 방문을 앞두고 루는 걱정에 휩싸였다.

    "엄마가 날 죽이려고 할 거야."

    그는 그을린 피부 때문에 혹독한 잔소리를 들을 거라 예상했다.

    "홍콩은 외모 압박이 너무 심한 사회야. 외국에서 잘 지내다가 고향에만 가면 피부가 어떻네,

살이 쪘네 빠졌네, 메이크업을 하네 안 하네, 집요한 외모 품평을 듣고 불안에 휩싸여."

나는 코웃음을 쳤다.

"과연 한국보다 심할까?"

2년 전, 나는 별생각 없이 고향에 갔다가 2박 3일 동안 논스톱으로 계속되는 어머니의 히스테리에 굴복해 피부과에 끌려가서 필러를 맞았다. 어머니는 당신 딸이 더 이상 스무 살이 아니라는 사실을 받아들이지 못한다.

"볼에도 뭘 넣었어야 했는데. 볼이 꺼졌어. 볼이 통통해야 예쁜데. 볼이 볼록해야 어려 보이는데. 그 간호사는 뭘 맞았는지 볼이 볼록하더라고. 요즘은 볼에다 줄기세포를 넣는다더라. 아니다, 실을 넣을까? 연예인 K 봐라, 주름 싹 지우고 얼굴 빵빵하게 만들더니 십 년은 어려 보이잖니. 며칠만 더 쉬다 가면 안 돼? 주사 한 방이면 되는

데. 제발 볼에다가……."

　돌아오는 길에 어머니는 고장 난 녹음기처럼 같은 말을 끝없이 되풀이했다. 그다음에 만났을 때는 더 심했다. 부모님이 불시에 서울을 다녀가는 바람에 나는 일하느라 밤을 새고 퀭한 얼굴로 샤워도 못 한 채 달려 나갔고, 그 자리에서 나를 오 년 만에 만난 이모님이 "너 왜 이리 얼굴이 꺼칠하니?"라고 걱정한 것을 '네 딸 늙었다'로 받아들인 어머니의 분노가 폭발했다. 어머니는 가족 모임 도중에 자리를 박차고 나갔다. 당장 성형외과로 나를 끌고 가 "여기 응급 환자가 있습니다!" 하고 외칠 기세였다.

　"제발 엄마, 나는 이제 마흔 살이야. 스무 살 아이돌처럼 보일 수도 없을뿐더러 그래서도 안 돼!"

　"그런 게 어디 있어! 요즘 같은 세상에. 잡티며 주름이며 낯가죽 얇은 거며, 요새 너처럼 관리

안 하는 여자가 어디 있다고! 부모 앞에 그런 꼴
로 나타나는 게 아니야!"

어머니는 내가 큰 사고라도 당한 것처럼 오
열할 듯 말했다. 그 일을 잊은 것인지, 요즘도 어
머니는 매일 내가 고향에 오기만을 학수고대한
다. 전화를 끊을 때면 기대에 달뜬 목소리로 묻
는다.

"그래서 언제 한국에 온다고? 다음에 오면
같이 병원 가서 레이저도 싹 하고 보톡스도 몇 방
맞고……."

하지만 나는 지금의 내 얼굴에 만족하고, '그
런 꼴'이 아닌 모습으로 애써 변하고 싶지도 않기
때문에, 부모 앞에 자주 나타나지 않는 것으로 예
의를 차린다. 내 나름의 효도다.

가족만 그런 건 아니다. 지난번에 내가 발리
에서 6개월을 보내고 귀국했을 때, 친구들의 첫

인사는 모두 같았다. "왜 이렇게 얼굴 살이 빠졌
어?" 체중은 똑같고 뱃살이 오히려 늘었다는데도
한껏 안쓰러운 척 "무슨 병이라도 걸린 거 아냐?"
덧붙인 사람도 있고, 머릿결이 거칠어졌다거나
주름이 늘었다며 타박을 늘어놓는 경우도 있었
다. 그런 대화를 스무 번쯤 반복하려니 구역질이
났다. 그래서 이번에 귀국하면서, 나는 작은 노트
를 준비할까 생각했다. [저는 원래 '볼 때마다 더
욱 말라 보이는 얼굴'을 가진 사람입니다. 주름과
잡티, 피부색은 포기했습니다. 지난번에도 같은
지적한 거 기억나시죠? 반복하기 지쳐서 이렇게
적어 왔습니다. 아래는 이번 달 내게 '왜 이렇게
얼굴 살이 빠졌어?'라고 물은 사람의 명단입니다.
이름을 적고 사인하세요.]

물론 나도 예쁜 사람들을 좋아하고, 아름다
워지고 싶다. 한국처럼 외모 품평이 인사말을 대

신하고 타인의 약점을 조롱하는 게 유머로 통하는 나라에서 못생긴 여자로 산다는 건 너무 고통스러운 일이기 때문에 성형 수술도 반대하지 않는다. 나도 몇 군데 손을 봤고, 그 덕에 삶이 백배는 편해졌다고 믿는다. 문제는, 한국인들이 생각하는 '아름다움'의 범위가 너무 좁다는 거다.

／

나는 마흔 살에는 마흔 살답게 아름답고,
쉰 살에는 쉰 살답게 아름답고 싶다.

／

하지만 이 나라에는 다양성이란 없다.

나는 열대의 섬마을에 사는지라 수영복을 자주 사는데, 한국에 온 김에 인터넷 쇼핑을 좀 해 보려다 말았다. 근육이라곤 한 점도 없는데 가

습은 큰 여자들이 아기처럼 뽀얗고 말랑말랑한 속살을 드러내고 있었다. 컬러 프린트로 출력해서 오려 붙인 것처럼 부자연스럽게 큰 눈과 입술, 뾰족한 콧대, 예각에 가까운 날카로운 턱 선을 하고 모래밭에 서서 말갛게 웃는 사진들은 아무리 봐도 기이하다. 전혀 건강해 보이지 않는다. '나는 무해합니다'를 강조하다 못해 생기라곤 없는 풀죽은 표정이나 맹한 눈빛들이 기분을 더 우울하게 만든다. '이 비키니는 해양 스포츠가 아니라 인스타그램 셀피와 선탠 때 남자들에게 잘 보일 용도로 만들어졌습니다'라고 광고하는 듯하다.

쇼핑몰의 2D형 미녀들 옆에는 걸 그룹 스타일이 버티고 있다. 당장 홍대나 성수동을 나가 보라. 밀가루처럼 하얀 얼굴에 빨간 립스틱을 칠한 고만고만한 여자 아이들이 디테일만 다를 뿐 콘셉트는 같은 하나의 걸 그룹처럼 차려 입고 돌아다닌다.

물론 걸 그룹 메이크업이든 뭐든 그게 자연스러운 본인 취향이면 뭐라 할 일이 아니다. 누가 성형을 해서 얼굴에 코를 세 개 붙이든 눈을 불가사리 모양으로 트든 관심 없다. 하지만 나는 '이런 것이 예쁜 것이다'라고 정해 놓고 소몰이 하듯 여자들을 밀어붙이는 사회 분위기가 불만이고, 그에 부화뇌동하여 오로지 그 타이트한 미의 기준에 자신을 맞추느라 너무 많은 시간과 돈과 열정을 허비한 끝에 개성을 잃어버리는 사람들이 안쓰럽다. 마흔 살이 이마에 주름 하나 없는 스무 살처럼 보이기를, 스무 살이 세상 물정 하나 모르는 유아처럼 보이기를 강요하는 이 사회의 '동안 지상주의'는 내 삶에 심각한 스트레스를 초래하기도 한다.

눈은 클수록, 코는 높을수록, 입술은 도톰할

수록 좋고, 피부는 하얗고 잡티가 없어야 하며, 턱은 짧고 이마는 볼록하고 얼굴 면적이 작아야 하는 데다가, 몸은 기아처럼 말라야 한다는 게 이 사회가 말하는 미의 이상향이다. 그리하여 억지로 그 공식에 끼워 맞춘 외모가 아름답냐 하면, 별로 그렇지도 않다.

요즘 나는 다양한 외모와 인종이 모여들어 배낭여행이나 해양 스포츠를 즐기는 동남아 관광지에 산다. 거기서도 이따금 옷차림에 잔뜩 신경을 쓰고 풀메이크업을 한 스무 살짜리 동북아 관광객이 타인의 시선을 의식하면서 돌아다니는 걸 본다. 가슴 아프게도, KS 마크를 붙여도 좋을 만큼 규격화된 그들에게선 아무런 존재감이 느껴지지 않는다.

요즘은 초등학생들도 유튜브로 메이크업을 배우고, 화장을 안 하면 왕따를 당한다고 한다.

중학교 졸업 선물로 성형 수술을 해 주는 부모가 있고, '아이가 기억할 수도 없을 만큼 일찍 성형 수술을 받아서 그게 제 얼굴인 줄 알고 자라게 해 주고 싶다'며 세 살짜리도 성형이 가능하냐고 병원에 상담을 하는 부모도 있다. 그들은 수술을 통한 미의 상향 평준화를 꿈꾼다. 하지만 변별력 없는 아름다움은 더 이상 아름다움이 아니다.

　나는 올해 마흔두 살이 되었다. 내 나이에 걸 맞게 주름이 있고, 피부는 짙은 갈색이고, 메이크업은커녕 선블록도 바르지 않기 때문에 잡티가 많고, 흰머리 염색을 쉽게 하려고 몇 넌 기른 머리카락도 짧게 잘랐다. 그마저도 귀찮아서 몇 달 이고 염색을 안 할 때도 있다. 하지만 아무도 내 게 왜 염색을 안 하냐고 묻지 않는다. 여기선 다들 온갖 인종과 외모를 보고 살기 때문에 잡티니 주름이니 하는 디테일로 서로를 구분하지 않는다. 물론 이곳에서도 전체적인 인상이 예쁘다거나 못생겼다거나 하는 평가는 수시로 들린다. 하지만 눈썹이 두껍고 눈이 꺼지고 얼굴이 크고 턱이 각지고 나이가 서너 살 더 들어 보이는 것쯤은 문제가 되지 않는다. 그러나 한국에 도착하는 순간 시련이 시작된다.

보고 싶대서 벼르고 별러 만난 친구들은 내가 이제 완연한 중년 여성으로 보인다는 사실을 마치 수치스러운 일인 양 조심스럽게 일깨워 준다. 내 머리 모양이 한심하다고, 스타일이 누추하다고 지적한다. 만일 내가 한국에서 새로운 연애를 시작하거나 직장을 구하려 한다면 염색부터 해야 할 것이다. 처음 인도네시아에서 살기로 결정했을 때 나는 비자가 만료될 때마다 여행 삼아 한국에 다녀가겠노라 결심하고 있었다. 하지만 이제는 내가 더 이상 그곳에서 환영받지 못한다는 기분이 든다. 섭섭하진 않다. 나도 이제 한국이, 립스틱 케이스만 한 미의 기준에 갇힌 사회가 지루해서 견딜 수가 없기 때문이다.

누가 당신을 미치게 하는가

페미니즘 이론이 대중화되고 #미투 운동이
확산하면서 '가스라이팅gaslighting'이라는 용어가
자주 들리기 시작했다. '왜 사건 당시에는 문제를
제기하지 않다가 몇 년이나 지나서 폭로를 하느
냐' '데이트 폭력이 발생하고도 연인이나 혼인 관
계가 유지되었다면 피해자가 폭력을 용인한 것
아니냐' 등의 무지한 질문에 한 가지 답이 되기
때문이다.

이 용어는 영화 〈가스등〉(1944)에서 비롯되었다. 원작은 브로드웨이 연극 〈앤젤 스트릿〉인데, 제목을 '가스등'으로 바꾼 덕에 주인공을 곤경에 빠뜨린 심리 폭력의 기제가 강조되었다. 극중 잉그리드 버그만이 연기한 주인공 '폴라'는 몇 해 전 살해당한 유명 오페라 가수 '앨리스'의 조카다. 폴라는 피아노 반주자 '그레고리(찰스 보이어)'와 사랑에 빠져서 어린 시절 이모와 함께 살던 주택에 신혼살림을 꾸린다. 그런데 이사를 하고부터 폴라에게 이상한 일이 자꾸 벌어진다. 작은 물건들을 잃어버리고, 자기 행동이 기억이 안 난다. 가뜩이나 이모의 주검을 목격한 집이라 으스스한데 밤마다 방 안의 가스등이 저절로 작아지고 다락방에서 환청이 들린다. 그레고리는 그런 폴라를 보호한다는 명목으로 외부와의 접촉을 차단하더니, 급기야 폴라의 어머니가 똑같은 정신

나는 나를 사랑한다 5부 그리고 나

병으로 사망했다고 경고한다. 만일 누가 당신에게 "당신은 미쳤고, 지금 당신이 보는 것은 환시고, 당신이 듣는 것은 환청이다"라고 매일 얘기하면 어느 순간부터는 '정말 내가 미쳤나?' 생각이 들 수밖에 없다. 누군가를 의심하고 그들의 지각에 의문을 제기함으로써 피해자가 스스로를 믿지 못하도록 만드는 속임수, 이것이 바로 '가스라이팅'이다.

다행히 폴라에게는 조력자가 있었다. 잘생긴 경시청 경위 '브라이언 카르맨(조셉 코튼)'이 그들에게 관심을 갖고 접근한다. 폴라에게 벌어진 모든 사건이 그레고리의 짓이었다는 걸 여기서 밝힌대도 스포일러는 아닐 것이다. 영화는 애초에 그걸 숨기지 않는다. 그레고리는 어머니에게 물려받았다는 브로치를 폴라에게 선물하고는 폴라가 그걸 잃어버린 척 꾸민다. 이 일은 폴라가 자신의 판단력을 의심하는 계기가 된다. 사랑하는 남자에게 특별한 의미가 있는 물건을 잃어버렸다는 죄책감, 그럼에도 화를 내기는커녕 걱정해 주는 남자에 대한 고마움이 복합적으로 작용한다. "당신 상태가 좋지 않아"라는 그레고리의 반복된 암시는 폴라가 그의 보호와 영향력에 더욱 의존하게 만든다. 제멋대로 줄었다 커졌다 하는 가스등은 이 암시를 강화하는 극적 장치로써 그레고리가 고안한 것이다. 그레고리는 그 영향력을 이용해 폴라를 멋대로 휘두르다가 폴라가 통제에서 벗어나려는 순간—에컨대 "나 혼자라도 나가서 외부인을 좀 만나야겠어요"라고 주장할 때—에는 친절한 연인으로 안면을 바꾸고 그를 보살피는 척한다. 그러고는 더 강한 암시와 거짓말로 보복한다.

우리가 애착 관계라 믿는 연인, 가족, 나아가

멘토-멘티 사이에서 벌어지는 폭력과 억압은 흔히 이런 가스라이팅을 수반한다. 당신을 사랑해서야, 가르쳐 주는 거야, 네가 선택한 거야, 당신이 맞을 짓을 했어, 네 잘못이야, 네가 내게 상처를 주었기 때문이야, 내가 아니면 누가 너를 사랑하겠어, 너는 나 없이 아무것도 못해, 너는 참 세상 물정을 모르는구나⋯⋯. 이런 말들이 피해자를 혼란에 빠뜨리고 가해자의 영향력 아래 묶어 두는 올가미가 된다. 그리하여 많은 이들이 뒤늦게야 자신에게 벌어진 일들의 핵심이 사실은 애착이 아니라 폭력이었음을 깨닫는다. 이런 일들은 피해자의 지성과는 아무런 관련이 없다. 자기 검열에 익숙한 사람들이 흔히 빠지는 함정이라는 편이 옳다. 주로 여성들이 가스라이팅의 피해자가 되는 것도 그 때문이다.

사실 나는 〈가스등〉의 결말을 그리 좋아하

지 않는다. 잘생긴 젊은 남자가 악당을 물리치고 여주인공을 구출한다는 설정이 너무 싱겁다. 우아한 심리 스릴러인 데다 알프레드 히치콕이 아끼던 배우 잉그리드 버그만이 출연한지라 착각하는 사람들이 많지만 〈가스등〉의 감독은 히치콕이 아니라 조지 큐거다. 큐거는 〈필라델피아 스토리〉(1940), 〈마이 페어 레이디〉(1964) 등 로맨틱 코미디에서 진가가 드러나는 감독이다. 시나리오 초고에는 그레고리가 마지막 순간 "내내 당신을 사랑했소"라는 대사를 하는데, 이는 유명 프로듀서 데이비드 O. 셀즈닉이 극구 반대해서 삭제되었다고 한다. 죽기 직전까지 자기 죄를 인정하지 않고 사랑과 억압을 혼동하게 함으로써 폴라를 조종하려 드는 그레고리의 모습을 상상하면 소름이 끼친다. 그 대사가 살아 있었다면, 그리고 그레고리 역의 배우가 진짜 애처롭고 로맨틱하게 연기를 해 주었다면, 이 영화는 실제 '가스라이팅'의 기제를 더욱 효과적으로 설명하는 자료이자 무시무시한 스릴러로 남았을 거다. 어떻게 피해자들이 뻔한 지배—피지배 관계를 사랑이라 착각하고 벗어나려다가도 끊임없이 돌아가는지 이해하게 해 주었을 테니까.

안타깝게도 현실에서는 영화 속 결말처럼 속 시원한 일은 좀처럼 벌어지지 않는다. 가스라이팅은 서서히 스며들듯 관계를 오염시키고 상대를 병들게 하므로 재빨리 눈치채고 벗어날 수도 없다.

하지만 때로는 지식이 우리의 무기가 된다.

용어와 개념을 알면 안 보이던 것이

보이기 시작한다.

그것이 관계에도 공부가 필요한 이유다.

No라고 말하는 법

TV 뉴스를 보는데 이별 살인 소식이 나왔
다. 남자가 헤어지자는 연인과 그 가족을 몰살한
사건이다. 패널이 이런 말을 했다. "요즘 이별 살
인이 많은데요, 여자들도 조심을 해야 됩니다. 여
자가 말할 때 남자의 성격을 긁는 스타일이었을
수 있거든요."

나는 내 귀를 의심했다. 범죄 사건에서 피해
자가 원인을 제공했을 거라는 의심은 가해자의

합리화를 돕고 피해자를 위축시킬 뿐이다. 그럼에도 만일 잠재적 피해 대상 그룹이 뭔가를 조심해서 범죄를 줄일 수 있다면 안전을 위해 알아 둘 필요는 있다. 아마 형사 출신이라는 패널은 이 점을 고려했을 거다. 문제는 데이트 폭력과 이별 살인이 여자가 말조심한다고 피할 수 있는 범죄가 아니라는 거다.

나는 스물세 살 때쯤 이상한 남자를 만난 적이 있다. 아직 '데이트 폭력'이니 '이별 범죄'니 하는 말이 보편화되기도 전이었다. 그는 얼핏 멀쩡하게 사회생활을 하는 사람처럼 보였다. 몇 번 주변 사람들과 함께 어울린 후, 둘이서 따로 만나 함께 밥을 먹었다. 그런데 대화를 할수록 이 친구가 정상이 아니라는 느낌이 들었다. 그는 자기 과시에 골몰하느라 맥락을 놓칠 때가 많았다. 학습에는 문제가 없지만 소통에는 이상이 있는 사람이 아닌가 싶었다. 더 큰 문제는 그가 자신을 과시하는 방법이 무언가를 헐뜯거나 화를 내는 식이었다는 점이다. 예컨대 내가 "A라는 영화를 봤는데……"라고 하면 무슨 말을 하려는지 들어 보기도 전에 A라는 영화와 관련되어 자신이 아는 모든 정보—출연진, 감독, 소재, 하다못해 포스터 이미지나 상영 중인 극장 등—를 끄집어내서 욕을 하고 분노를 터뜨리는 식이다. 친구로도 만나기가 싫어지는 차에 그가 고백을 해 왔다. 내가 '이 녀석 피곤하군. 그만 만나야겠다' 하면서도 지적하기 귀찮아서 웃어넘긴 시간 동안 그는 '이렇게 말이 통하는 여자는 처음이야. 드디어 나의 지성을 알아보는 여자를 만났군' 하는 착각을 무럭무럭 키우고 있었던 거다.

그가 고백을 하던 날, 나는 정중한 거절 의사를 표했다. 너는 괜찮은 사람이지만 내 타입은 아니다, 고맙긴 한데 우린 잘 안 맞는 거 같으니 친구로 지내자, 기타 등등. 우리는 웃으면서 헤어졌다. 그는 "어쨌거나 그런 마음 아프고 설레는 감정을 알게 해 줘 고맙다"는 인사까지 했다. 내가 너무 정중하게 거절을 하는 바람에 그가 여전히 우리 사이에 가능성이 있다고 착각을 해서 그나마 친절했다는 사실은 나중에 알았다.

친구로 지내기로 하고 얼마 후 그가 같이 저녁을 먹자고 불러냈다. 그는 그날따라 기분이 매우 가라앉아 있었다. 동아리에서 마음에 안 드는 사람이 있어서 패 줬다는 거다.

"뭐? 사람을 때렸다고?"

나는 깜짝 놀라서 물었다. 그는 최면에 걸리거나 약에 취한 사람처럼 중얼거렸다.

"나는 말이야, 센 척하면서 까부는 것들 하나도 안 무서워. 진짜 센 사람은 티 안 내. 나는 뒤에서 갑자기 공격해서 목을 꺾어 버린다고. 나는 정말 사람을 죽일 수도 있어. 나는 여자도 안 봐줘."

그런 말을 흥분도 하지 않고 내뱉는 게 이상했지만 솔직히 무섭지는 않았다. 그 상황을 진지하게 받아들이지 않았기 때문이다. 학교에서 치고받고 싸운 얘기를 하다가 첩보 영화나 전쟁 영화에서 봤음직한 살인 기술 얘기로 튀는 그 정신세계를 그저 미숙하다고만 판단했다. 아빠 돈 자랑하다가 "우리 집엔 금송아지도 있어!"하고 허풍 떠는 다섯 살 꼬마 수준이라 생각한 거다. 그러니까 앞으로 서로 연락도 말자고 선언한 건 그가 무서워서가 아니라 귀찮고 싫어서였다.

"나는 폭력을 좋아하지 않아. 우리는 친구로도 못 지낼 것 같다."

나는 타이르는 어조로 그렇게 말했고, 그는 알겠다고 했다. 헤어질 때 분위기는 나쁘지 않았던 걸로 기억한다. 나는 그가 순순히 떨어져 나갔다고 생각했다. 돌이켜 보면 그는 내가 자신을 무서워하지 않는다는 사실을 견딜 수 없었던 것 같다.

며칠 후 다시 마주친 그는 기다렸다는 듯 시비를 걸어 나를 패기 시작했다. 아마 내가 무슨 말을 하든 그는 나를 팼을 것이다. 나와 헤어진 후 그가 '다음에 마주쳤을 때 어떻게 그년을 두렵게 만들고 복종시킬 것인가'에 대해 수십 번 머릿속으로 시뮬레이션을 해 봤으리라는 데 돈을 걸 수도 있다.

내게 더 큰 후유증을 남긴 건 폭력의 순간이 아니라 2차 가해들이었다. 사건 현장인 기숙사 측은 "남자가 여자한테 고백했다가 차이면 욱해서 실수할 수도 있지, 그런 걸로 경찰을 부르느냐. 소문나서 후원이 끊기면 어쩌려고 그러느냐. 합의하지 않으면 쫓아내겠다"며 피해자인 우리 측을 겁박했다. 가해자가 어디서 꽤나 행세하는 집안 자식이라 편을 드는 거라면 차라리 덜 억울했을 거다. 그와 나의 권력 차이는 돈도 무엇도 아닌 오로지 성별에 의해 결정되었다. 가해자는 아무런 처벌을 받지 않았다. 그가 그 뒤로도 학교와 기숙사에서 여러 번 폭력 사건을 저질렀다는 소문은 들었다. 그때마다 "사내들끼리 싸울 수도 있지" "남자가 맞은 게 뭐 자랑이라고 신고를 하나" 등등의 이유로 피해자와 주변인들이 온정을 베풀어 처벌받지 않았다. 나는 언제가 그가 이혼하자는 아내와 친정 식구를 '홧김에' 몰살했다거나, 친구와 말다툼 끝에 '욱해서' 살인을 저질렀다고 뉴스에 나와도 놀라지 않을 것이다. 멀쩡한 인간은 폭력 자체가 나쁘다는 걸 알고 좀처럼 시도하지 않는다. 하지만 그는 인생의 어느 시점에 폭력을 사용했고 '남자는 그래도 된다' '폭력은 어지간해서는 처벌받지 않는다'는 점을 경험으로 반복 학습했다. 온 사회가 폭력범을 키우고 있는 거다.

나는 그때 그에게 건넸던 것 이상으로 친절한 거절법을 알지 못한다. 그렇게까지 했는데도 '내가 말조심을 안 해서 맞았다'고 생각하는 사람이 있으면 어디 더 좋은 방법을 알려 달라 하고 싶다. 이런 상황에서 우리가 할 수 있는 건 지금 내 주변에 있는 저 남자가 알고 보면 미친놈이 아니기를 비는 일뿐이다.

나는 그 사건이 있고 얼마 후 서울을 떠났다. 그 심란한 상태로 당장 가족에게 가긴 싫어서 혼자 여행을 좀 했다. 남해안의 어느 섬에 들렀을 때다. 마을을 둘러보는데 비쩍 마른 아저씨가 나에게 말을 걸었다. 알고 보니 학교 선배였다. 그는 민박을 운영하고 있었다. 그의 집에서 손님들과 어울려 놀다가 밤이 깊었다. 나는 따로 방을 잡아 두었다고 한사코 거절했지만 그가 밤길이 어둡다며 빈방에서 자고 가라고 했다. 몇 분간 옥신각신이 이어지자 피곤해서 결국 두 손을 들었다. 호의를 자꾸 거절하는 것도 예의가 아니지 싶었다.

빈방에 이불을 깔고 잠이 들려는 차에 그 남자가 팬티 바람으로 문을 따고 들어왔다. 다행히 그는 몸을 잘 가누지 못할 정도로 취해 있었다. 그 집은 외딴곳이었고, 별채의 손님들은 술을 많이 마시고 잠든 상태니 쉽게 깨지 못할 것이었다. 'X발, X됐다'는 쌍욕이 머릿속에 떠올랐다. 주변에서 도움을 받는다는 선택지가 사라졌고, 얼마 전의 폭력 사건으로 아무리 비리비리해 보이는 남자도 여자가 위력으로 제압하기는 힘들다는

교훈도 얻은 터였다. 혼자 이 상황을 해결하려면
절대로 그를 자극하면 안 된다는 생각이 들었다.
나는 냉큼 일어나 앉아서 딴소리를 시작했다.

"방에 책이 참 많네요. 하하."

"어…… 그렇지."

그가 시선을 돌린 순간 나는 잽싸게 방을 뛰
쳐나갔다. 취한 척하던 그는 갑자기 정신이 돌아
온 건지 나를 뒤쫓기 시작했다. 나는 그날의 가로
등 하나 없던 제방 길, 어지러이 날아다니던 반딧
불이를 아직 기억한다. 한참을 달려 내가 미리 예
약해 두었던 민박집에 도착했다. 간발의 차이였
다. 나는 방에 들어가 문을 걸어 잠갔다. 그가 따
라와 문고리를 흔들면서 소리를 질렀다.

"얘기 좀 하자! 얘기 좀 하자니까!"

한밤의 소동에 민박집 주인 할머니가 잠을
깼다.

"거 뭐요?"

할머니가 내다보며 묻자 그가 달아났다.

그는 다음 날 다시 찾아왔다. '잘 기억이 안 나지만 어제는 술 마시고 실수한 것 같다, 나쁜 뜻은 없었다, 오해하지 마라.' 나는 나의 경멸과 혐오를 드러내서 그에게 원한을 사는 일이 없도록, 혼신을 다해서 연기를 했다. 그 말도 안 되는 소리를 모두 믿는 척, 그 정도로 순진한 여자애인 척.

"네 그럼요. 대화가 하고 싶으셨던 거죠. 술 마시면 그럴 수 있죠. 오해 안 해요."

그는 끝까지 내 눈치를 살폈다. 내가 뒤돌아서서 소문을 내고 욕을 할까 봐 두려워했다. 나는 그와 밥을 먹고, 손 흔들어 인사를 하고 헤어졌다. 거절은 위험한 일이니까. 목숨은 귀한 거니까. 그가 나를 때려죽이면 사람들은 '미친년이 밤 늦게 외딴 집에서 술은 왜 마셨대?' '같이 있던 손님들 말로는 계집애가 살살 웃으면서 꼬리를 쳤다더구먼' '여자가 남자의 성격을 긁는 스타일이었을 수 있어요' 하면서 내 명예를 더럽힐 게 분명하니까, 나는, 여자는, 살아남아 자신을 지켜야 한다. 그러기 위해 불편한 남자들의 기분을 맞춰주고, 순진한 척하고, 거절을 에둘러 말하는 등의 감정 노동을 해야 한다. 이미 여자들은 충분히 조심하고 있다. 그러니까 피해자 말버릇 걱정할 시간에 폭력은 나쁜 거라고 잠재적 가해자들이나 제대로 가르치길 바란다. 친절하게 굴면 관심 있는 줄 알고 팬티 바람으로 덤비고, 단호하게 말하면 분해서 폭력을 휘두르는 인간들에게 대체 어떻게 거절을 해야 잘했다고 소문이 난단 말인가. 과연 답이 있기는 한 문제인가?

안타까운 건 이런 게 대다수 한국 여자에게 결코 낯선 얘기가 아니라는 점이다. 영화 〈혹성탈

출: 진화의 시작〉(2011) 에서 알츠하이머 치료제를 맞고 진화한 유인원 시저가 처음으로 인간을 향해 내뱉은 음성 언어는 "No!"다. 자기 결정권을 침해하는 타자에게 문명화된 언어로 저항할 수 있다는 것이야말로 지성의 증거이기 때문이다. 또한 그것이 생존을 위해 가장 먼저 배워야 할 말이고, 고등 생명체가 자기 존엄을 유지하는 데 가장 필요한 단어이기 때문이다. #미투 해시태그 운동이 터져 나왔을 때 "요즘 여자들 무서워서 뭔 말을 못 하겠다"고 엄살떠는 사람들을 보면서, 나는 애완용 유인원이던 시저로부터 'No'라는 말을 처음 들은 〈혹성탈출: 진화의 시작〉 주인공 윌(제임스 프랭코)의 표정이 떠올랐다. 누군가 '싫다, 하지 마라, 불편하다, 사과하라' 말하는 게 그렇게나 놀랄 일이라고? 대체 여자를 뭐로 생각했기에?

　2019년 11월에는 한 남자가 성관계 거절 의

사를 분명히 밝힌 여자를 강간했는데도 무죄 판결을 받은 이른바 '감자탕 사건'으로 세상이 떠들썩했다. 판사는 몇 가지 이유를 들어 피해자가 가해자에게 성관계에 동의한 듯한 사인을 줬다고 판단했다. 그 이유 중 하나가 사건 전 식당에서 가해자의 접시에 감자탕 고기를 덜어 줬다는 거다. 남성에 대한 여성의 친절은 언제든 성관계 동의로 간주될 수 있으며, 언어로 거절 의사를 밝히는 건 아무 의미가 없다고 대한민국 법원이 천명한 거다. 공정하라고 세금으로 월급 받는 판사들조차 여자의 저항에는 귀를 기울이지 않는데, 사회 전체의 인식이 바뀌기까지는 얼마나 오랜 세월이 걸릴지 상상도 되지 않는다. 그리하여 지금 이 순간에도 많은 여자들이 No라고 말할 권리를 위해 인생을 걸고 싸우고 있다. 싫다, 하지 마라, 불편하다, 사과하라, 이 단순한 단어들을 이해

하는 게 왜 누군가에겐 그토록 힘든 일인지, 나는
정말 모르겠다.

Epilogue

나를 사랑할 사람이 있을까요?

    짚신도 짝이 있다는 말 많이 들었다. 정말 당신에게도 운명의 상대가 있을까? 옛말 그른 거 없다는 말은 진실일까? 잘 모르겠다. 몇몇 도시 전설을 들으면 맞는 것도 같다.

    "내가 친구들끼리 소개팅을 시켜 줬거든. 여자 쪽이 노발대발하더라. 어디서 그렇게 못생기고 조그맣고 늙수그레한 사람을 갖다 붙이냐고. 나도 기분이 상해서 걔랑 한동안 안 만났어. 그런데 몇 달 뒤에 연락이 왔더라. 그 남자랑 우연히 일을 하게 됐는데 자꾸 보니까 사람이 괜찮더래. 그래서 사귀기 시작했대. 그런 얘길 하더니 갑자기 울더라? 알고 보니 그 남자가 하이힐만 한 키 높이 깔창을 쓰더래. 그래서 신발 벗는 이자카야도 거부하고 호텔 가기도 주저했던 거라고. 그렇게 '완벽한 남자'가 키 때문에 평생 콤플렉스에 시달렸을 걸 생각하니 가슴이 아프대. 나는 기가 막혔지. 제 입으로 '조그맣다'면서 차 버릴 땐 언제고 그마저 키 높이 깔창으로 부풀린 걸 알았는데 가슴이 아파서 눈물이 나? 도대체 뭐가 '완벽한 남자'라는 거야? 너네 천생연분이다 그랬지."

그런데 또 이런 말을 들으면 옛말이 틀릴 수도 있겠구나 싶다.

"점쟁이한테 '언제 남자 친구가 생길까요?' 물었거든요. 점쟁이가 귀찮다는 듯이 그러더라

나는 나를 사랑한다 Epilogue

고요. '육십 먹은 사람들도 나한테 와서 물어보는 게 그거야.'"

운명은 모르는 거다. 내 어머니 친구 중에 점쟁이가 있다. 그녀가 갑자기 점집을 차렸을 때 나는 엄마한테 물었다.

"그 아줌마 신 내렸어? 어떻게 점집을 차려?"

엄마는 이렇게 말했다.

"다 비결이 있지. 아줌마들이 오면 대뜸 '니 남편 바람났어' 그런대. 그럼 여자들이 철철 운대. 어떻게 알았냐면서. '아니다, 딴 거 물어보러 왔다'는 사람도 있지만 그 철철 운 여자들이 용하다고 소문내고 친구들을 또 보내 주는 거야. 연애하고 싶다는 사람 있으면 3개월이나 6개월 뒤에 누가 나타날 거라 그런대. 그러면 그동안 참고 살다가 점은 잊어버린다네. 자식 대학 때문에 고민이라 그러면 북쪽으로 보내라 그러고. 여기가 경상

도니까 웬만한 대학은 다 북쪽에 있잖아. 북쪽으로 원서를 썼다가 잘 되면 점쟁이 덕, 잘못되면 자기 탓이 되는 거지."

그래서 나는 운명을 말하는 사람들을 믿지 않는다. 설령 운명이 있다 해도 인간이 알 수 없다는 쪽이다. 예외 없는 법칙은 없다니까 '옛말 그른 것 없다'는 법칙에도 예외가 있을 거라고 주장하면 좀 더 설득력이 있으려나. 아무튼 그런 고로, 누구에게나 운명의 짝이 있다는 말을 나는 믿지 않는다. 당연히 "너를 사랑할 사람이 분명히 나타날 테니 기다려 봐"라는 말도 할 수 없다.

행복할 때도 불행을 상상하고 항상 최악의 경우를 대비하는 건 적당히만 하면 훌륭한 인생의 전략이 될 수 있다. 로맨스는 아름답다. 나는 연애에 비관적인 편이지만 서울역 앞에서 "탈연애, 탈결혼해서 행복 찾읍시다!"라고 전단을 만들어 돌릴 생각도 없다. 내가 사랑하는 사람에게 사랑받는 일, 내가 선택한 좋은 사람과 가족이 되는 것, 이 험한 세상에 누가 뭐래도 내 편이 돼 줄 믿음직한 동반자를 갖는다는 건 놀랍도록 기쁜 일이다. 하지만 이런 이상적인 사랑은 누구에게나 태어나기만 하면 자동으로 주어지는 보상이 아니다. 오히려 기적에 가깝도록 드문 일이다. 그 이상에 사로잡혀 가당치 않은 상대에게 헛된 기대를 품고, 현실을 왜곡하고, 끊어 내기도 힘든 악연 속으로 스스로 걸어 들어가고, 잘 맞지도 않는 파트너에게 집착하면서 인생을 허비하는 사람이 수두룩하다. 설령 좋은 사람을 만나 불같은 로맨스를 하고 행복한 결혼을 한들 그게 언제까지 지속될지도 알 수 없다. 결혼에 목을 맨 나머지 식 올리고, 혼인 신고하고, 아이 낳고 산다는 이유만으로 즐겁게 사는 싱글 친구들을 저 혼자

동정하거나, 아무도 안 부러워하는 자기 삶을 과시하고 우월감을 느끼다가 그 행복이 깨진 뒤 스스로 일어나지 못하는 사람도 수두룩하다.

'짚신도 짝이 있다' '있는 그대로의 너를 사랑해 줄 사람이 분명히 있다'는 말은 외로운 인생을 버텨 낼 용기를 준다. 하지만 사기다. 텔레비전의 연애 상담 프로만 봐도 그렇다. 누가 '헤어질까요 말까요' 고민을 하면 패널들은 쉽게 이런 말을 한다. "그런 덜 되 먹은 인간은 얼른 차 버리고 자신을 사랑하세요. 그럼 분명히 더 좋은 사람이 나타날 겁니다." 보고 있으면 뜨악해진다. 저 패널들이 상담자를 언제 봤다고, 상담자가 매력이 있는지 없는지 어찌 알고, 지금이 조선 시대처럼 누가 강요하면 얼굴도 안 보고 결혼하는 시대도 아닌데, 연애의 대안이 다른 연애인 것처럼 말들을 하나. 그러다 저 점쟁이의 말처럼 되면 어쩔 건가.

노년이 되어서도 6개월마다 '다음 분기에 운명의 사람이 나타난다'는 예언을 갱신하기 위해 복채로 연금을 허비하는 게 상담자의 미래면 어쩌냐는 거다. 그 패널들도 이런 생각을 안 해 본 건 아닐 테다. 다만 헤어질 용기를 주고 싶은 거겠지. 세상에는 안 하느니만 못한 연애도 있으니까.

당신의 운명적 로맨스는 이번 생에, 이 우주에, 있을 수도 있고 없을 수도 있다. 당신이 매력적인 사람이면 확률이 좀 더 높겠지만 그마저도 장담할 수 없다. 자기 관리 안 하고 성격도 나쁘고 더 나은 사람이 되기 위한 아무런 노력도 안 하면서 인연이 하늘에서 뚝 떨어지길 기다리는 건 도둑놈 심보지만 로맨스를 위해 나 자신을 뜯어고친다고 만기 적금 도래하듯 사랑을 배급받는 것도 아니다. 로맨스는, 말하자면 복권과 같다. 누구나 일확천금을 꿈꾸지만 언젠가 복권에 당첨될 거라고 사돈의 팔촌 명의까지 빌려서 빚을 내고 사치를 하는 사람을 보면 미쳤다고 할 거다. 아예 복권을 안 사면 당첨 가능성은 제로다. 하지만 사 봤자 확률이 그리 높진 않다. 고단한 퇴근길에 복권 한 장 사면서 잠시 머릿속에 기와집을 그려 보는 건 좋지만 인생을 말아먹지 않으려면 당첨 전까지는 열심히 일을 해야 한다. 복권은 환상이고 직장은 현실이니까. 마찬가지다. 로맨스는 환상이고 외로움은 현실이다. 우리는 언제까지 지속될지 모를 이 현실에 익숙해져야 한다.

언젠가는 빅데이터니 머신러닝이니 AI니 하는 것들이 전 세계 인구의 생체 및 금융 정보, 이메일, 소셜 네트워크, 행동반경, 어린 시절 일기장까지 분석해서 백년해로 파트너 조합을 찾아 주는 시대가 열릴지도 모른다. 하지만 아직은 별수 없다. 나쁜 로맨스, 오지 않는 로맨스의 대안은 다음 연애도, 탈연애도, 사랑받기 위해 살을 빼고 성형 수술을 하고 밀당 기술을 배우는 것도 아니다. 적금 붓듯 성실하게 내 삶을 살아 내고, 스스로 만족하고 사랑할 수 있는 자아를 만들어 가는 거다. 로맨스를 떠나 인간적으로 좋은 사람들을 곁에 두고, 가족, 친구 등 진정 나의 성공과 발전을 응원하고 도우려는 사람과 시간을 보내고, 그게 안 되면 개, 고양이, 토끼, 햄스터의 힘이라도 빌리고, 그 모든 존재에 감사하고, 세상을 이롭게 하는 가치 있는 일들에 에너지를 쏟으면서 자신을 완성해 나가야 한다. 그러다 보면 어느 순간 깨달음이 올 것이다. 인간 문명에서 로맨스가 얼마나 과대평가되었는지.

　　우리는 어릴 때부터 로맨스에 관한 숱한 신화에 둘러싸여 산다. 특히 남자들은 로맨스에 맞먹는 남자들만의 우정과 의리, 사회적 성공, 각종

영웅 신화를 별도로 가지지만 여자들은 그렇지 않다. 여자들에게 주어진 주인공으로서의 서사는 남자 아니면 자녀라는 조역들과의 관계성 속에서 완성된다. 이성애 로맨스와 모성애에 대한 강박은 어린이 명작 동화부터 하이틴 로맨스, 멜로드라마, 소설, 영화, 하다못해 성공한 여자들의 후일담을 통해서도 촘촘하게 여자들의 두뇌 속으로 침투한다. 나도 "살아 보니 남는 건 사랑뿐"이라는 원로 여성 소설가의 인터뷰에 감성이 일렁인 적이 있었다. 하지만 요즘 들어 더 공감하는 건 영화 〈세상 끝까지 21일〉(2012)에서 지구 멸망을 앞둔 페니(키이라 나이틀리)의 대사다. (삶을 돌이킬 수 있다면) "안 좋은 사람과 시간을 낭비하지 않을 거예요."

돌이켜 보면 나도 그랬다. 연애를 하지 않는 시간을 즐기지 못했다. 친구들을 사랑하지만 그

나는 나를 사랑한다 Epilogue

들이 채워 줄 수 없는 부분이 있다고 여겼다. 보다 가까운 관계, 늘 내 곁에 있는 나만의 사람, 말하자면 단짝으로서의 애인을 갖고 싶었다. 성애로 연결된 존재들과만 닿을 수 있는 관계의 어떤 영역이 있다고 막연히 생각했다. 때로는 조급함을 느꼈다. 그래서 파울볼에 방망이를 휘두르는 형편없는 타자처럼 아무하고나 사귀었다. 연애를 시작하면 쉽게 나 자신을 잃었다. 남자 친구와 여행을 가느라 아르바이트 면접을 포기하고, 가족과 친구들에게 거짓말을 하고, 입고 싶은 옷을 포기하고, 좋아하는 음식을 안 좋아하는 척하고, 그들에게 내 시간을 활용할 우선권을 주고, 사회와 윤리에 관한 내 주장을 굽히고, 그들의 성공을 위해 내 노동력을 무상으로 제공하고, 도시락을 싸다 바치고, 그가 주변인들 앞에서 자기가 나보다 잘났고 나를 잘 통제하는 것처럼 보이려고 노력할 때 한껏 겸손한 태도로 보조를 맞춰 주고, 그들의 생활 방식에 따라 나의 일과를 조정했다. 설렘은 잠깐이고 불편은 길었다. 하지만 그들 중 누구도 내 인생에 여자 친구들만큼 좋은 영향을 남기지 못했다. 더 나쁜 건 그게 그들만의 잘못이 아니었다는 거다. 그들 중 누구도 내게 강요하지 않았다. 내 안의 로맨티스트가, 평생에 걸쳐 내 안에 주입된 여성성이, 일을 그렇게 만든 거다.

어머니에게는 네 명의 자매가 있다. 그중 몇은 연예인 수준의 미녀들이다. 그런데 모두 일찌감치 결혼해서 갖은 고생을 했다. 그 세대의 마을 사람들은 "저 인물로 뭐가 아쉬워서 저러고 사나" 걸핏하면 혀를 찼다. 어느 날 막내 이모가 자조적으로 말했다. "우리 식구들이 다 남자한테 약하잖니." 나는 속으로 뜨끔했다. 가족 여러분이 똑똑하고 이기적이라 어디 가서 손해 안 볼 거라고 은

근히 자랑스러워하는 저도 실은 그 모양입니다. 정말 그놈의 핏줄 때문인가? 내가 로맨스 광인의 DNA를 타고났나? 그렇진 않을 거다. 다만 여느 여자들처럼 로맨스의 환상에서 벗어나기까지 너무 긴 시간을 허비했을 뿐이다.

/

나는 다시 연애를 시작했고,

나를 잃지 않고 타인을 사랑하는 법을,

머리에서 가슴으로 스스로에게 가르치고 있다.

그래야만 타인과 건강한 관계를 맺을 수 있고,

설령 다시 혼자가 된다 해도 잘 살아갈 수

있다고 믿기 때문이다. 나 못지않게 나를 사랑해

줄 사람을 만나는 건 그게 어머니건 친구건

연인이건 자식이건 행운의 영역이다.

/

／

결국 인생 끝까지 남을 건 나 자신이다.

나를 가장 사랑할 사람도 나 자신이다.

／

끝으로, 자기 아들과 내 사주가 상극이라고 만남을 반대한 먼 옛날 남자 친구의 어머니께 이 자리를 빌어 감사드리고 싶다. 그때 나는 어리고 멍청했기 때문에 내버려 뒀으면 그와 결혼해서 애 낳고 살림하느라 지금껏 내가 경험한 세상은 보지 못했을 것이다. 사랑이 뭔지도 모른 채. 그러니까 선생님, 복 많이 받고 만수무강하십시오.

그땐 조금 울었습니다만

덕분에 제 인생은

지금 아주 좋습니다.

나는 나를 사랑한다

나를 잃지 않고 타인을 사랑하기 위하여

ⓒ이숙명, 2020

초판 1쇄 발행 2020년 6월 24일
초판 3쇄 발행 2021년 11월 5일

지은이 이숙명
편집 김희라 김유라 @스튜디오봄봄
디자인 이민영
아트 디렉팅 장유초 @스튜디오봄봄
사진 장동원 @hello_dongwon

펴낸이 김자영
펴낸곳 북로망스
신고번호 제2019-00045호
이메일 book_romance@naver.com

ISBN 979-11-970371-0-8 03810